俄苏文学经典译著·长篇小说

维尔塔（1906—1976）

　　苏联作家。出身于农民家庭。1923 年开始从事文学创作活动。1935 年出版的长篇小说《孤独》，荣获 1941 年度斯大林奖金；1947 年出版剧本《我们每日的粮食》，荣获 1948 年度斯大林奖金；1948 年出版的剧本《必遭失败的阴谋》，荣获 1949 年度斯大林奖金。另有长篇小说《晚钟》《陡峭的山峦》等。

冯　夷（1917—2007）

　　即赵俪生。山东安丘人。1935 年加入"左联"。1939 年至 1947 年先后在乾州中学、西安高中任教，后任河南大学副教授。1949 年后，历任东北师范大学、山东大学、兰州大学教授，甘肃省史学会第一届副会长。早年从事苏联文学翻译和革命文学创作，以冯夷等笔名发表过不少译作、剧本和小说。后专注于中国土地制度史和中国农民战争史研究。晚年专攻先秦文化，探讨中国文化的源头。代表作为《赵俪生文集》（六卷）。

俄苏文学经典译著·

长 篇 小 说

Russian

Literature

Classic.

NOVEL

Одинок

Virta

孤独

［苏］维尔塔 著

冯夷 译

三联书店

图书在版编目（CIP）数据

孤独/（苏）维尔塔著；冯夷译. —北京：生活·读书·新知三联
书店，2020.3
（俄苏文学经典译著·长篇小说）
ISBN 978 - 7 - 108 - 06515 - 5

Ⅰ．①孤…　Ⅱ．①维…②冯…　Ⅲ．①长篇小说–苏联
Ⅳ．①I512.45

中国版本图书馆 CIP 数据核字（2019）第 040003 号

责任编辑　徐旻玥
封面设计　樱　桃
责任印制　黄雪明
出版发行　生活·讀書·新知 三联书店
　　　　　（北京市东城区美术馆东街 22 号）
邮　　编　100010
印　　刷　常熟高专印刷有限公司
排　　版　南京前锦排版服务有限公司
版　　次　2020 年 3 月第 1 版
　　　　　2020 年 3 月第 1 次印刷
开　　本　650 毫米×900 毫米　1/16　印张　15.5
字　　数　195 千字
定　　价　56.00 元

俄苏文学经典译著

出版说明

本丛书是对中国左翼作家所译俄苏文学经典一次系统的整理和展现，所辑各书均为名家名译，这不仅是文献和版本意义上的出版，更是对当时红色文化移植的重新激活。

早在1948年生活书店、读书出版社、新知书店合并为生活·读书·新知三联书店前，三家出版社就以引介俄苏经典文学和社会理论图书等为己任。比如1937年生活书店出版托尔斯泰的《安娜·卡列尼娜》，1946年新知书店出版《钢铁是怎样炼成的》。1949年以后，虽然也有出版社对俄苏文学经典进行重译、重编，但难免失去了初始的本色，并且遗失了些许当时出版的有价值的译著；此外，左翼作家的译介因其"著译合一"的特点，在众多译本中，自有其价值；更重要的是，这些文学经典蕴含的对生活的热情、对信仰的坚守、对事业的激情在今天亦鼓动人心，能给每一位真诚活着的人以前行的动力。因此，系统地整理出版左翼作家翻译的俄苏文学经典是必要的。

我们在对书稿进行加工时，主要遵循了以下原则：

一、本丛书为重排本，由繁体字竖排版改为简体字横排版。

二、忠实原作，保持原译语言风格及表现方式；对书中人物及相关译名除必要的规范外基本保留。

三、原书注释如旧，编者所出的注释，均以"编者注"标明，以示与原书注释的区别。

四、对原书中各种错讹脱衍之处，直接订正。

五、数字只要统一、规范，基本沿用；对标点符号的用法，尽可能做到规范。

六、在不影响原译意的情况下，对个别表述可能有歧义的字句进行必要斟酌处理。

俄苏文学经典译著

总　序

　　生活·读书·新知三联书店推出"俄苏文学经典译著·长篇小说"丛书，意义重大，令人欣喜。

　　这套丛书撷取了 1919 至 1949 年介绍到中国的近 50 种著名的俄苏文学作品。1919 年是中国历史和文化上的一个重要的分水岭，它对于中国俄苏文学译介同样如此，俄苏文学译介自此进入盛期并日益深刻地影响中国。从某种意义上来说，这套丛书的出版既是对"五四"百年的一种独特纪念，也是对中国俄苏文学译介的一个极佳的世纪回眸。

　　丛书收入了普希金、果戈理、屠格涅夫、陀思妥耶夫斯基、托尔斯泰、高尔基、肖洛霍夫、法捷耶夫、奥斯特洛夫斯基、格罗斯曼等著名作家的代表作，深刻反映了俄国社会不同历史时期的面貌，内容精彩纷呈，艺术精湛独到。

　　这些名著的译者名家云集，他们的翻译活动与时代相呼应。20 世纪 20 年代以后，特别是"左联"成立后，中国的革命文学家和进步知识分子成了新文学运动中翻译的主将和领导者，如鲁迅、瞿秋白、耿济之、茅盾、郑振铎等。本丛书的主要译者多为"文学研究会"和"中国左翼作家联盟"的成员，如"左联"成员就有鲁迅、茅盾、沈端先（夏衍）、赵璜（柔石）、丽尼、周立波、周扬、蒋光慈、洪灵菲、姚蓬子、王季愚、杨骚、梅益等；其他译者也均为左翼作家或进步人士，如巴金、曹靖华、罗稷南、高植、陆蠡、李霁野、金人等。这些进步的翻译家不仅是优秀的译者、杰出的作家或学者，同时他们纠正以往译界的不良风气，将翻译事业与中国反帝反封建的斗争结合起来，成为中国新文学运动中的一支重要力量。

这些译者将目光更多地转向了俄苏文学。俄国文学的为社会为人生的主旨得到了同样具有强烈的危机意识和救亡意识，同样将文学看作疗救社会病痛和改造民族灵魂的药方的中国新文学先驱者的认同。茅盾对此这样描述道："我也是和我这一代人同样地被'五四'运动所惊醒了的。我，恐怕也有不少的人像我一样，从魏晋小品、齐梁词赋的梦游世界中，睁圆了眼睛大吃一惊的，是读到了苦苦追求人生意义的 19 世纪的俄罗斯古典文学。"[1]鲁迅写于 1932 年的《祝中俄文字之交》一文则高度评价了俄国古典文学和现代苏联文学所取得的成就："15 年前，被西欧的所谓文明国人看作未开化的俄国，那文学，在世界文坛上，是胜利的；15 年以来，被帝国主义看作恶魔的苏联，那文学，在世界文坛上，是胜利的。这里的所谓'胜利'，是说，以它的内容和技术的杰出，而得到广大的读者，并且给了读者许多有益的东西。它在中国，也没有出于这例子之外。""那时就知道了俄国文学是我们的导师和朋友。因为从那里面，看见了被压迫者的善良的灵魂，的酸辛，的挣扎，还和 40 年代的作品一同烧起希望，和 60 年代的作品一同感到悲哀。""俄国的作品，渐渐地绍介进中国来了，同时也得到了一部分读者的共鸣，只是传布开去。"鲁迅先生的这些见解可以在中国翻译俄苏文学的历程中得到印证。

中国最初的俄国文学作品译介始于 1872 年，在《中西闻见录》的

---

[1] 茅盾：《契诃夫的时代意义》，载《世界文学》1960 年 1 月号。

创刊号上刊载有丁韪良（美国传教士）译的《俄人寓言》一则。[1] 但是从 1872 年至 1919 年将近半个世纪，俄国文学译介的数量甚少，在当时的外国文学译介总量中所占的比重很小。晚清至民国初年，中国的外国文学译介者的目光大都集中在英法等国文学上，直到"五四"时期才更多地移向了"自出新理"（茅盾语）的俄国文学上来。这一点从译介的数量和质量上可以见到。

首先译作数量大增。"五四"时期，俄国文学作品译介在中国"极一时之盛"的局面开始出现。据《中国新文学大系》（史料·索引卷）不完全统计，1919 年后的八年（1920 年至 1927 年），中国翻译外国文学作品，印成单行本的（不计综合性的集子和理论译著）有 190 种，其中俄国为 69 种（在此期间初版的俄国文学作品实为 83 种，另有许多重版书），大大超过任何一个国家，占总数近五分之二，译介之集中可见一斑。再纵向比较，1900 至 1916 年，俄国文学单行本初版数年均不到 0.9 部，1917 至 1919 年为年均 1.7 部，而此后八年则为年均约十部，虽还不能与其后的年代相比，但已显出大幅度跃升的态势。出版的小说单行本译著有：普希金的《甲必丹之女》（即《上尉的女儿》），陀思妥耶夫斯基的《穷人》、《主妇》（即《女房东》），屠格涅夫的《前夜》、《父与子》、《新时代》（即《处女地》），托尔斯泰的《婀娜小史》（即《安娜·卡列尼娜》）、《现身说法》（即《童年·少年·青年》）、《复活》，柯罗连科的《玛加尔的梦》和《盲乐师》，路卜洵的《灰色马》，阿尔志跋绥夫的《工人绥惠略夫》等。[2] 在许多综合性的集子中，俄国文学的译作也占重要位置，还有更多的作品散布在各种期刊上。

其次翻译质量提高。辛亥革命前后至"五四"高潮前，中国的俄国

---

[1] 可参见笔者在《二十世纪中俄文学关系》（学林出版社，1998；高等教育出版社，2002）中的相关考证。

[2] 这套丛书中收入了这一时期张亚权译的柯罗连科的《盲乐师》（商务印书馆，1926）。

文学译介均为转译本，且多为文言。即使一些"名家名译"，如戢翼翚译的普希罄《俄国情史》（即普希金《上尉的女儿》，1903）、马君武译的托尔斯泰的《心狱》（即《复活》，1914）、林纾和陈家麟合译的托尔斯泰的《罗刹因果录》（收八篇短篇，1915）等，也因受当时译风的影响，对原作进行改动或发挥之处颇多，有的译作几近于演述。1919年以后，译者队伍与译风发生了根本上的变化。一批才气横溢的通俄语的年轻人加入了俄国文学作品翻译的队伍，其中有瞿秋白、耿济之、沈颖、韦素园、曹靖华等。以本套丛书入选译本最多的译者耿济之为例。耿济之早年在俄文专修馆学习，1919年在《新中国》杂志上发表最初的译作，即托尔斯泰的《真幸福》（即《伊略斯》）和《旅客夜谭》（即《克莱采奏鸣曲》）等作品。20年代初期，耿济之又有果戈理的《马车》和《疯人日记》、赫尔岑的《鹊贼》、屠格涅夫的《村之月》、奥斯特洛夫斯基的《雷雨》、托尔斯泰的《家庭幸福》和《黑暗之势力》、契诃夫的《侯爵夫人》等重要译作。此后他一发不可收，数十年间译出了大量的俄国文学名著，是中国早期产量最多和态度最严肃的俄国文学译介者。当然，这时期仍有相当一部分翻译家依然利用其他语种的文字在转译俄国文学作品，如鲁迅、周作人、李霁野、郑振铎、赵景深、郭沫若等。这些译者大多学养深厚，译风严谨。鲁迅在20年代前期和中期译出了阿尔志跋绥夫的《工人绥惠略夫》《幸福》《医生》和《巴什唐之死》、安德列耶夫的《黯淡的烟霭里》和《书籍》、契诃夫的《连翘》、迦尔洵的《一篇很短的传奇》等不少俄国文学作品。尽管是转译，但翻译的水准受到学界好评。

　　20世纪二三十年代，中国文坛开始引进苏俄文学。1931年12月，瞿秋白在给鲁迅的信中谈到：有系统地译介苏联文学名著，"这是中国普罗文学者的重要任务之一"[1]。不少出版社在20年代末相继推出

---

[1] 瞿秋白：《论翻译》，见《瞿秋白文集》第2卷，人民文学出版社1954年版。

"新俄文学"作品专集。最早出现的是由曹靖华辑译、北平未名社 1927 年出版的《白茶（苏俄独幕剧集）》一书。而后，鲁迅、叶灵凤、曹靖华、蒋光慈、傅东华、冯雪峰和郭沫若等辑译的各种苏联文学作品集相继问世。这一时期，译出了不少活跃于十月革命前后的苏俄著名作家的作品。比较重要的有：拉夫列尼约夫的《第四十一》、革拉特珂夫的《士敏土》、绥拉菲莫维奇的《铁流》、法捷耶夫的《毁灭》、聂维罗夫的《不走正路的安得伦》、雅科夫列夫的《十月》、伊凡诺夫的《铁甲列车 Nr. 14 - 6》、富曼诺夫的《夏伯阳》、肖洛霍夫的《静静的顿河》（前两部）和《被开垦的处女地》、奥斯特洛夫斯基的长篇小说《钢铁是怎样炼成的》、诺维科夫－普里波伊的《对马》、马雅可夫斯基的诗集《呐喊》、爱伦堡等人的报告文学集《在特鲁厄尔前线》和阿·托尔斯泰的剧本《丹东之死》等。

这一时期，作品被译得最多的作家是高尔基。最早出现的是宋桂煌从英文转译的《高尔基小说集》（上海民智书局，1928）。这部小说集中载有《二十六个男和一女》和《拆尔卡士》（即《切尔卡什》）等五篇作品。最早出现的单行本是沈端先（即夏衍）从日文转译的高尔基的《母亲》。[1] 30 年代中国出版的有关高尔基的文集、选集和各种单行本更多，总数达 57 种，如鲁迅编的《戈里基文录》、瞿秋白译的《高尔基创作选集》、黄源编译的《高尔基代表作》、周天民等编选的《高尔基选集》（六卷）等。此外问世的还有：鲁迅等译的短篇集《恶魔》和《俄罗斯的童话》、史铁儿（即瞿秋白）译的《不平常的故事》、巴金译的短篇集《草原故事》、丽尼译的《天蓝的生活》、钱谦吾（即阿英）译的《劳动的音乐》、蓬子译的《我的童年》、王季愚译的《在人间》、杜畏之等译的《我的大学》、何素文译的《夏天》、何妨译的《忏悔》、罗稷南译的《四十年间》、赵璜（即柔石）译的《颓废》（即《阿尔达莫诺夫家

---

[1] 该书 1929 年由上海大江书铺出版第一部，次年出版第二部。

的事业》)、钟石韦译的《三人》、李谊译的《夜店》(即《底层》)和贺知远译的《太阳的孩子们》等。

进入 20 世纪 40 年代,由于苏德战争和太平洋战争的爆发,中国文坛把自己的目光转向了苏联卫国战争文学。1942 年在上海创刊(1949年终刊)的《苏联文艺》发表的各类作品的总字数达六百多万字,其中大部分是反映苏联卫国战争的文学作品。此外,仅就单行本而言,各出版社出版或重版的此类书籍的数量有百余种之多。这些作品极大地鼓舞了中国人民反抗外族入侵和黑暗统治的斗志。也许今天的人们已经淡忘了它们,有些作品从艺术上看似乎也有些逊色。但是,其中经受住了历史检验的优秀之作,仍值得我们珍视。这一时期,苏联其他一些文学作品也有译介。值得一提的有:肖洛霍夫的《静静的顿河》(全译本)、叶赛宁、勃洛克和马雅可夫斯基合集的《苏联三大诗人代表作》、阿·托尔斯泰的《苦难的历程》和《彼得大帝》、费定的《城与年》、奥斯特洛夫斯基的《暴风雨所诞生的》、潘诺娃的《旅伴》、克雷莫夫的《油船德宾特号》、波列伏依的《真正的人》、卡达耶夫的《时间呀,前进!》、列昂诺夫的《索溪》、冈察尔的《旗手》(第一部)、包戈廷的剧本《带枪的人》《苏联名作家专集》(共五辑)等。其中不少名著在这一时期初次被译成中文。可以说,至 20 世纪 40 年代末,苏联重要的主流文学作品译介得已相当全面。

1919 年以后的 30 年间,译介到中国的俄苏文学作品产生了巨大的影响。钱谷融教授曾经生动地描述过抗战时期他随学校迁至四川偏远小城,在那里迷上俄国文学的一些情景。他还表示自己"是喝着俄国文学的乳汁而成长的","俄国文学对我的影响不仅仅是在文学方面,它深入到我的血液和骨髓里,我观照万事万物的眼光识力,乃至我的整个心灵,都与俄国文学对我的陶冶薰育之功不可分。我已不记得最先接触到的俄国文学名著是哪一本了,总之是一接触到它就立即把我深深地吸引住了,使我如醉如痴,使我废寝忘食。尽管只要是真正的名著,不管它是英、美的，法国的，德国的，还是其他国家的，都能吸引我，都能使我迷醉。但是论其作品数量之多，吸引我的程度之深，则无论哪一国的文学，都比不上俄国文学"。这样的感受和评价在那一时代的知识分子中并不罕见。

由于社会的、历史的和文学的因素使然，中国知识分子（特别是左翼知识分子）强烈地认同俄苏文化中蕴含着的鲜明的民主意识、人道精神和历史使命感。红色中国对俄苏文化表现出空前的热情，俄罗斯优秀的音乐、绘画、舞蹈和文学作品曾风靡整个中国，深刻地影响了几代中国人精神上的成长。除了俄罗斯本土以外，中国读者和观众对俄苏文化的熟悉程度举世无双。在高举斗争旗帜的年代，这种外来文化不仅培育了人们的理想主义的情怀，而且也给予了我们当时的文化所缺乏的那种生活气息和人情味。因此，尽管中俄（苏）两国之间的国家关系几经曲折，但是俄苏文化的影响力却历久而不衰。

在中国译介俄苏文学的漫漫长途中，除了翻译家们所做出的杰出贡献外，还有无数的出版人为此付出了艰辛的努力，甚至冒了巨大的风险。在俄苏文学经典的译著中，我们常常可以看到商务印书馆、中华书局、开明书店、文化生活出版社等出版社的名字，也常常可以看到三联书店的前身生活书店、读书出版社、新知书店的名字。这套丛书中就有：生活书店1936年出版的、由周立波翻译的肖洛霍夫的小说《被开垦的处女地》，生活书店1936年出版的、由王季愚翻译的高尔基的小说《在人间》，生活书店1937年出版的、由周扬和罗稷南翻译的列夫·托尔斯泰的小说《安娜·卡列尼娜》，新知书店1937年出版的、由梅益翻译的普里波伊的小说《对马》，读书出版社1943年出版的、由王语今翻译的奥斯特洛夫斯基的小说《暴风雨所诞生的》，新知书店1946年出版的、由梅益翻译的奥斯特洛夫斯基的小说《钢铁是怎样炼成的》，生活书店1948年出版的、由罗稷南翻译的高尔基小说《克里·萨木金的一生》。熠熠生辉的名家名译，这是现代出版界在中国文化发展史上写就的不可磨灭的一笔。这套丛书的出版也是三联书店文脉传承的写照。

尽管由于时代的发展，文字的变迁，丛书中某些译本的表述方式或者人物译名会与当下有所差异，但是这些出自名家之手的早期译本有着独特的价值。名译与名著的辉映，使经典具有了恒久的魅力。相信如今的读者也能从那些原汁原味的译著中品味名著与译家的风采，汲取有益的养料。

陈建华

2018 年 7 月于沪上西郊夏州花园

目 录

第一部
叛变

一

　　寒冷、污秽、隐秘的窸窣声，塔姆包夫的市镇，一九一七年的秋天……

　　风来回地吹逐着湿雪的凝块，从墙上和循环广告的招牌上撕裂着招贴的纸片，那些纸片像鸟儿似的飞到空中去了。发狂地呼号着叫啸着，风在街筒里穿行，吹得电灯都摇荡起来，将一点忽明忽暗的黄光散射在水湾子上，树木的光裸的枝干上，和潮湿的铁房顶上。水溜子滴答着，电线杆子发着嗡嗡的声音。雪是一直地下了又下，这些凝聚在一块的玩意儿厚厚地覆盖在街道和边路上面。

　　市镇显得非常荒凉，并且冷漠，火车站是空寂的，只有从机器房和铁路修理厂里传出来铁的铿锵声，还有火焰照耀着烟熏的窗子。

　　弗劳茨基街是一条幽暗的深谷，在这儿，靠着河流的近边，显得更寒冷了。一股残酷的风从森林那边刮过来，灯已经全熄了，光亮也透不出来。什么都是死寂的，仿佛这律师的一家已经睡下好几个钟头了。但是那一点也不对，因为这一家人是并没有早早睡觉的习惯的。

主人不在家。在客室里的绒榻上，一个人坐在那儿等他。

这个人长得挺瘦小，他的厚嘴唇是苍白的，他那凹陷的眼睛充满了恶意，在颧颧的地方有两个凹穴。他的手短而且白，他的衣服是一半军装：一件外衣，一条马裤和一双挺好的长筒靴。他静静地坐在那儿，固定地凝视着。侍女两次走经他的身旁，可是他甚至从没瞥她一眼。

那是他的一种习惯。亚历山大·斯台潘诺维契·安东诺夫在西伯利亚受了十年的刑役，因了急躁的脾气和野蛮，他不止一次地被送进苦刑的监房里去，而每一次他都是这样地坐着——他的手放在膝上，他那并不看事物的眼睛，固定在一点上，而他所想的都是关于一些可怕的事情，于是他一次又一次地深深地叹息着——那些个沉没在呻吟里的叹息……

他现在想着些什么呢？想着像目前这样的生活吗？想着他在遥远的西伯利亚遇见过的人吗？想着过去的日子吗？

在西伯利亚的监牢里，曾经有过一个叫作彼得·托克玛考夫的人，亚历山大·斯台潘诺维契·安东诺夫曾跟他有过三年的交情。他们曾在同一天为了同一件案子在塔姆包夫被判定了刑法。黄瘦的彼得永不谈他自己的事，不过在一个争辩的进程中他总是注意地倾听着，皱起他那高高的、瘦棱棱的前额，并且睁大了眼睛。常常整一晚上，彼得詈骂着他的朋友。为了他的野蛮和他对于人们的剧烈的憎恨，亚历山大·斯台潘诺维契·安东诺夫只能嗤嗤地喷着鼻气。

"革命就要来了，"托克玛考夫说，"你就要到琪尔桑诺夫去了，可是你带了什么去呢？你就带一大堆意见去吗？你到底学习了点什么呢？"

"你和你的革命！"安东诺夫轻蔑地说，"它来的时候我们已经死过三次了，我讨厌这些空谈，彼特加，我根本就不相信它，那么还是不谈吧！"

彼得凶猛地摇着安东诺夫责叱道："那么你为什么跑进这一堆里来呢？如果你根本就不相信它，如果你怀疑它？"

安东诺夫没有回答……他拿什么来回答他亲爱的朋友彼特加呢？不止一次地他问他自己怎么一来就会跑进"这一堆"里来了，怎么一来他竟能放弃了一个乡村学校教员的平静的生活，加入到社会革命党员的中间，去过一种经常警戒的生活，去等待这一个或是那一个，并且在黎明时躺在隐藏的地方，因了恐惧和寒冷而战栗着……

他从不了解纲领和章则，从不把它们好好地读过，从没想到过它们。在另一方面，他却曾读过多少的书和冒险故事，而当他读完的时候，那些社会革命党员的共同斗争的道路，财产的收没和搜捕时急剧的枪射是多么的引人入胜啊！

"我从前为什么加入的？为什么？为什么？"他问他自己，可是找不到回答，那一定不过是在年少气盛的时候他的血燃烧起来了。他很想来一个叛变，那么他就可以得到一个愉快的敷衍的生活。

但是，一股热劲儿过去了。他一度被激动起来，及至到了冷而潮湿的监房里，他的血冷却了。安东诺夫觉得把戏已经玩过，现在他要来偿还了……

一个沉闷灰暗的早晨，清算的日子已经来到，一个秃头的审判官问他："你为什么抢劫杀人？凭了谁的意思？你叫什么名字？"

安东诺夫回答不上来，讷讷着，后来嘟嘟噜噜地乱说了一些粗野的话。

"你是属于什么党的呢？"审判官粗涩的声音问道。

"什么党吗？社会革命党。"

为了这，他们给他十二年的徒刑。

我为什么跑进这一堆里来呢？他奇怪着。

二

  彼得·托克玛考夫被送到另一个监牢里去了，安东诺夫独个儿留下来，他的眼睛陷得更深，他变得简直很少谈话了。可是他并没有忘记他朋友的话，他不再避开讨论的场合，他坐在那儿静听着，从别人思想的断片里他开始织造着自己的梦想。

  有一次在冬天，做完了苦工之后，一个睡在他邻床上的人到安东诺夫身边坐下来，他是圣彼得堡蒲提洛夫工厂里的工人，一个布尔什维克。政治犯和罪囚们都喊他作蒲提洛外兹，他长得瘦小，可是他的筋肉却是异乎寻常的，他的手非常有力，如果他握你的手，你就会疼得叫起来，如果他轻轻地打你一下，就会留下一块伤痕。

  "有时候我连我自己都弄伤了，"他轻轻地敲打着说，"瞧我想逮一只苍蝇，我就在自己额上打了一掌——于是眼底下什么都发了黑。"

  安东诺夫尊敬他就像尊敬每一个强壮有力的人一样。并且蒲提洛外兹是忠实的、直爽的，他的意见被他的同志们所重视，就是监狱的当局也都对他很小心很谨慎的。

"哎，你在想些什么？你从不开口。"

"我不想空谈。"安东诺夫干脆地回答。他很不高兴，他头疼。

"可是你沉默着又有什么意思呢？那就像把一个水桶丢在井里一样。你固执着你的意见，那个戴眼镜的家伙固执着他的——孟什维克布尔什维克，社会革命党可是等到审判的时候就只会胡说乱道。"

"你听见过一个家伙他说他叫列宁的吗？"

"哎，我听过他说话，并且还读过他的书，他跟这一群只会说说戆话的家伙简直不能比较。你相信吧？"

安东诺夫做一个轻蔑的手势，蒲提洛外兹吸着一种气味辛辣的烟，淡紫色的烟雾在床榻上缭绕着。

"还在寻求着真理吗？你？"安东诺夫恶意地说，"好吧，真理的种类就像这儿的人那么多。你可以辩论到哑了嗓子，并且想着要弄死沙皇，可是他却依旧活着，简直就没有想到死。他要比我们谁都活得长久哩。"

"你不是这么说吗？"

"像命运一样的真确！"

"他真会活那么长久吗？"

"这一点也不可笑，沙皇有的是权力哪，——我的孩子！他有这个——你瞧——我们的镣铐，"安东诺夫使铁镣子铿银铿银地响着，"可是你就只会发明一些不同的字眼。往砖墙上碰脑袋是没有一点好处的。"

"告诉我们你要怎么办呢？那么，说下去呀。"蒲提洛外兹用斜瞥的目光催促着安东诺夫。

"我计划走另一条路，我要拿着手枪和炸弹去把沙皇的整族和他底下的群队从地面上洗刷了去。"

"哎，小伙子，列宁不是这么说的，你必须用另一种方法去做。"

"啊，对了，两个党员要组织三个委员会吧，我想你的意思是？还要在树林里的小组研究会中读读宣言吧？"

"你听我说，我的孩子，在一八九八年我们工厂里只有差不多八个人参加小组研究会——在树林里，像你说的那样。等到一九〇五年就有二百多人，什么样人呢？绝不像你，我可以告诉你，拿我来当一个例子吧。"蒲提洛外兹摘下他的眼镜来擦着，"我现在五十岁，三十八岁的时候才学习读书写字，你瞧，我并不像你那样，坐在那儿等待阳光。我学习，也许有一天我会变得有用了。你必须注意你四周围正在进行着的事情，小伙子，现在无论什么地方都已经听到我们的呼声了。那么，跑到树林里去或是组织委员会也到底还是有意义的！"

"啊，我已经让你喂饱了，爷爷。"安东诺夫插进来说，"我注意地听着你们，听了六年，原来你们只不过是一堆咯咯不休的肠子，它使我伤了心，不想再听你们的了。哪儿我都看不见一点光明，我们都会在这儿劳苦死的……"

于是安东诺夫就躺到坚硬的、恶臭的草铺上去。

三

可是突然地，革命来到了！回到家乡去的道路上充满了花、歌声、赤红的旗帜和噙着眼泪的狂欢的面孔。在塔姆包夫的一个慈善跳舞会上，安东诺夫出卖他镣铐的碎片，肥胖的手指戴着好几个戒指，在满盛着钱票的匣子里瞎摸着，扯出十个卢布的票子来给他们的"弟兄"——兵士们。

在那些日子里安东诺夫是一个英雄，光荣使他的脑袋转了方向。

"这才是那个本质呢，"他想，"我们受罪，耐心地忍受着辛苦，可是从那里面才获得了幸福。"

他瞧着他的同志们在世界上高升起来，做了部长和次长，把握住报酬最优、地位最显著的职务。这些昨天的囚徒现在都变得矫健而且红润了，起始用一种更为悠闲的样子走路，有些人甚至肚子都膨了出来，另一些人说话也变了样子。他们不再说一句简单的话——而是严肃，胜利，而且庄重。

那些还没有能够抓到一件大的职务的朋友，自然还可以认得出来，然而却用一种谦逊的语调说话。他们永无一点空闲的时间，总是在忙着，国家大事紧紧地压在他们的身上。

再有一些人就谁都不认得了，魔鬼晓得怎么会这样——一个一辈子穿着破碎的平民服装的家伙会突然穿戴起一件外衣、一条马裤、靴子和一支挂在皮带上的手枪。他也许是一个将军？一个团长？——或是一个军需官？

党的机关是在一种永远的狂欢状态之下。"我们，社会革命党"——"我们，革命的真正的斗士"——"自由胜利的俄罗斯的地域"——"自由"——"权力"——"土地"——之后——"hurrah, hurrah"。——没有穷尽的一些"hurrah"。

吵闹跟辉赫使安东诺夫全身颤抖起来，"啊哈！"他想，"我们到底找到生活了！我一定可以做塔姆包夫全省的委员。此后，我将迁到彼特罗格勒去，去发命令，去使每个人都知道——于是我就著名了！"

突然，这些梦想都破灭了。安东诺夫被任命为塔姆包夫第二区民团团长的副官。

这简直是一个笑话！他们都在开他的玩笑！什么地方都有人谈着这桩事，在省里和圣彼得堡的高部级机关里。

今天省民团团长布拉托夫和一个社会革命党党委会的委员命令安东诺夫在律师费多罗夫的家里会面——为了这种原因，安东诺夫不太高兴。他现在等待他的上级已经等了整整一个钟头了。律师的家里很静，你可以听见一只老鼠在地板下面抓搔着，窗子外面——就只有风跟雪……

墙上的钟单调地、无聊地滴答着，一些无聊的思想穿进他的脑袋。

四

门铃响了两次，愤怒地，门嘎地开进门廊里来，在那儿人们脱掉外衣，一面喘着气，还低声哼着鼻息，安东诺夫顺顺头发、拉拉上衣。

律师是一个有胡髭的人，穿着得非常庄重，一点毛病都挑不出来。他走进客室，一面走一面招呼他的客人。

"一会儿我就来陪你，就只一会儿！"

一个矮胖子，布拉托夫跟着主人走进房子里来，相伴着布拉托夫的那个人安东诺夫并不认得。他长得高高的，有着灰色的头发，高起的眉头，和一束长胡髭，做成哥萨克人的样式下垂着。

"才获得了幸福！"

"亚历山大·斯台潘诺维契，"布拉托夫说，替他们两人介绍，"这是彼得·伊凡诺维契·斯托罗折夫，区委员，住在德甫里基，记住他了吧？他是跟我们一道的，并且还是一个要人呢。"

"常常到我那儿去玩吧！"斯托罗折夫很镇静并且动听地说，"我总是非常欢迎你的。"

"那么，现在，彼得·伊凡诺维契，"布拉托夫又转向斯托罗折夫去，"布尔什维克在圣彼得堡得势了，这是事实。我们必须把什么都准备好。你在你那一区里是一个杰出的人物，你一定得到乡间去增进我们跟人民的联系。我们谈过的那些你统统记住了吧？那就好啦。告诉他们——从党委会里——叫他们统统要准备好了。"

"好吧，"斯托罗折夫静静地同意说，"我现在想去瞧瞧律师。我是为了一小块土地来的，我想看看契据。我买下了湖边的一块地——从当地的地主那儿。"

布拉托夫笑了："你为什么要那么忙呢，彼得·伊凡诺维契？无论如何那总是你的了。"

"一点也不错，那总是我们的，不过这样到底更稳当一点，如果再付了钱，那就完全有了法律的根据。"

斯托罗折夫拿出手来，跟布拉托夫握一握，再跟安东诺夫握。

"有工夫去瞧我们吧，我们那块儿可好着哪。"

布拉托夫和安东诺夫被留下来了。那个头目点起一支短短的烟斗，丢掉了火柴，走到那边的绒榻边去坐下。

"你晓得为什么我跟你约定在这儿会面吗，亚历山大？今天早晨党委会里开了一个会议，你被任命了一件重要的工作去做。要到琪尔桑诺夫去做乡下民团的监督，你愿意吗？"

安东诺夫什么也没有说，不过，一种色素染上了他的面颊。

"什么都要破坏了，"布拉托夫继续说，"现在在圣彼得堡和莫斯科布尔什维克都占了上风，照时行的谣言推断起来，明儿个我们就都在人家手掌底下了。上边的指令让我们自己准备，并且搜集军需，懂了吧？在琪尔桑诺夫，他们全都是你的朋友。你认得彼得·托克玛考夫吗？"

"我的确认得。"安东诺夫凶狠地笑着回答说。

"好吧，我们就要把你派给他们，那里还有露施齐林、祖叶夫、叶哥尔·伊洵、普日尼考夫和达维多夫——你们都是一块儿的，不是吗？"

安东诺夫点点头。

"派他们到较大的村落里去，"布拉托夫命令道，"找几个人叫他们去找寻可靠的群众，搜集军械，还要好好地留心着他们。准备好，有一点新的进展我们就会让你知道。你还要注意，亚历山大，只要你尽力去做，我们就会报酬你许许多多。你懂得吗？你到那儿尽可以任意去做，我们给你充分的自由。只不要有一点闪失，如果你跟狼在一块你就要像狼一样地嗥，而等到你要抓住它们脖颈的时候，那就去抓住并且一定不要闪失了目标。"

"我尽我的力量吧"，安东诺夫咬着牙说，"你放心，我不是傻子。"

"好啦，那么，第二件事情。今天夜里，有一件小事要做做，可是——要非常，非常巧妙地去做。在市政厅院子里有无数的来复枪，今天夜里我们一定要把它们弄出来，等到明天就太晚了。我们就打算把它们送给你——在你那新地方你可以把它藏起来。我已经告诉了李昂诺夫，他是担任守卫的。他会派人来，早上两点钟在你那儿你就可以全部遇见了。"

这时候，他们的主人走了进来，一股优美的芳香散布在房子里。

"喂，我好歹闲出来了——来陪伴你们！玛沙，来点心啊！"

"呃，千万不要，今天不要给我们预备点心。你知道为什么——还是让我来替你们介绍一下，那么我们就可以谈公事了。"

"不，真的，我们真不要吃。"布拉托夫抗议道。可是侍女却已经捧来一个盘子，盛着一瓶酒和一些饭。"瞧这儿。这都是我们自己的积蓄！专为了招待我们亲爱的客人的，"主人声势隆重地说，"每位一杯，至少喝一杯。"

布拉托夫谈着，主人和安东诺夫听着。谈话的主要意思就是从此以后费多罗夫先生跟亚历山大·斯台潘诺维契必须互相信任，并且所有从费多罗夫家里收到的安东诺夫的命令一定要确实地执行，并且，为了使事情更稳当一些，将来安东诺夫就要叫费多罗夫作高尔斯基，而不要再叫他费多罗夫了。

为了在路上暖和一点，他们吞下了第四杯酒去，于是客人们走出去穿起外衣来。

"他还是一个了不起的人吗?"当他们往外走的时候，费多罗夫拉住布拉托夫低声地问。

"这家伙? 啊哈! 一个大人物! 一个完全没有希望的人! 这种人只配填炮口! 我们紧紧地约束住他，他也许还会有用。我们现在要派他到琪尔桑诺夫去做民团的监督。他到那儿去顶方便: 又光荣又有权势。军需、人，我们正在准备一切了!"

布拉托夫狡猾地狂笑起来。在门廊上，费多罗夫把安东诺夫拉到一边，问道: "你就要到琪尔桑诺夫去啦? 不知道你是不是高兴顺便做一点小事呃，肉啦，奶油啦，或是鸡蛋啦?"

"我总会给你带回百把个鸡蛋来。"安东诺夫笑着说。

"嘻嘻——我需要整千的，呃……再见面时再说吧，我要减价出卖或是送人的。"

"再会吧。"安东诺夫回答说，自己心里想: "多么混蛋的家伙呀!"

五

……第二天早上，布尔什维克们宣称在市政厅的院子里有许多来复枪不知道被谁或是谁们搬走了。在会议里交互热烈地攻击着，报纸不惜用冗长的篇幅去批评政治上敌对的形势，不同的政党组织起一个又一个委员会，来调查这个事件。

照市政厅的指令组织起来的委员会里有布拉托夫，安东诺夫和一个布尔什维克的代表，他们整整干了三天，无效地询问着守卫的人，铁路员工和民团的团勇。来复枪竟丢失得连一点痕迹都没有。

"这些倒霉的来复枪是否真正存在过都是很成问题的，"登载着那个委员会的报告的社会革命党机关报的评论说，"看起来这不像是布尔什维克假造的事件，并且在这后面不会有什么阴险的图谋吗？"

六

　　一个星期之后，安东诺夫离开这儿到琪尔桑诺夫去。那是阴湿的十一月的天气，市镇还像往常一样的沉寂，风在街筒里奔驰着，武装的巡逻兵走来走去。布尔什维克已经得势了。

　　在塔姆包夫省的南边，在低下的池沼和水流中间，遥远的特列斯琪诺村跟世界隔离开去。远在第一次革命之前，特列斯琪诺的富农们已经和社会革命党混在一起了。

　　不止一次地安东诺夫避开追赶他的人们，藏到特列斯琪诺附近的丛林里去。他认得每一条小道，洛帕汀迦河的每一个拐弯，湖沼里的每一个小岛，村子里的每一个农民。特列斯琪诺的农民也都认得安东诺夫，并且还不止一次地帮忙他避开危险。

　　就在这儿，在特列斯琪诺草地的安全的地方，他集合起在荒野里闯来闯去的逃亡的人们。

　　七月的季候朦胧地浸润着这整个的世界。天气是炎热的，裸麦的穗子渐渐地变重了，从果园里飘来苹果的香味。

牛虻在洛帕汀迦河上疯狂地飞舞,空气燥热而且窒息。在河流的右岸上,人们从早晨就聚集起来了。

偷偷地向外面张望着,那些穿短棉袄和穿长军装外套的人,他们显然有许久不曾洗脸——从矮林里爬出来,看见别人都跟自己一模一样,就凑到一块去了。

中午时候,在草地上有将近二百个饥饿的、脾气暴躁的人,武装着他们随便可以抄在手里的家伙。

太阳起始西沉的时候,一队骑马的人涉过洛帕汀迦河。湿淋的马匹驮着它们的骑者——安东诺夫的将近四十个人的"队伍"——到河岸的富有水分的青草上来。

整个的一队都一律地穿着皮紧身、红马裤和红帽子。

所有的骑者除安东诺夫、托克玛考夫和伊洶外,都跳下马来。逃亡的人们围住安东诺夫的骑兵,指划着他们的皮紧身,抚摸着他们的马鞭,赞着他们的来复枪,用舌头做着低微的咯咯的赞叹声,恍惚地念着咒语。

亚历山大·斯台潘诺维契·安东诺夫细细地体察着这一群野蛮的无赖汉,他们像老鼠似的在洞穴里躲避着红军和白军的哨兵,而准备为了饭和"月光"一般的伏特加去做出一切的事情。

"都是些生手吧,他们?"伊洶低声跟安东诺夫说,"他们也许会把你领到魔鬼的舞蹈里去呢。"他大笑起来。

"你好不好跟他们谈谈?"安东诺夫转身向着托克玛考夫说,他正在愤怒地睥视着人群。

"顶好还是让叶哥尔加去做,他是个耍嘴皮子的好手。去跟那些乌合之众谈一会吧,叶哥尔加,你的话他们懂得顶清楚。"

"那么好吧。"伊洶磨着牙齿说。他的脸颤动着:"总有一天我把你的舌头割下来!"

"来呀,注意!"一个穿着一件奥地利破外衣的、没有刮胡子的瘦家伙高喊着，"你们这些私生子们和军官们，让我们一起呐一声喊吧！"

逃亡的人们高喊着，傻头傻脑地聚拢来。他们知道为什么安东诺夫把他们聚集在这儿，他们以前也听见过他，并且已经猜出这位新的头目正需要着人手。

伊洵，约束着他那不安静的马，起始说话。他洒下了一大串的笑话和双关的语句，还毫不吝啬地说了许多脏话。这一群污秽杂乱的人搔抓着，会心地笑着。

离人群不远处，一个厚嘴唇的小伙子和一个长胡须的农人坐在一棵矮树底下。小伙子一面忙着捉他衬衣里的虱子，一面倾听着伊洵的演说。

"又是一个！"当他在蒸发着汗臭的破衣服里摸索时，他这么搜寻着。

"我们的虱子就像罪恶一样多，而一盆卷心菜汤加点儿肉，对于我们是一点坏处都没有的，我想，不过——他们不会骗我们吗，上帝？你觉得怎样，毕亚特鲁哈？只瞧那个家伙的脸蛋吧——红得像血一样。我打赌他一定吹到地狱里去——我们得替他打仗！哈哈，我的孩子们！hurrah！"这个家伙喊起来，摇着他那生满了虱子的衬衣。于是，大家的声音都一同喊叫起来。

伊洵大笑起来，在安东诺夫的耳朵边喊了一句什么，安东诺夫不高兴地蹙着眉头。一阵兴奋过去之后，安东诺夫命令所有曾是军官的和没有受过训练的军官都到前面去，他们统共有十二个人。安东诺夫和托克玛考夫骑着马走向他们去，而伊洵却还留在这儿回答逃亡人的询问。安东诺夫队伍里的另一些人把逃亡的人们分成组，列出表来。

"安东诺夫和我——我是苦农联盟省委会的主席，"托克玛考夫告诉那些军官说，"接到社会革命党塔姆包夫省委会的命令，要我们对现在的苏维埃政府宣布一个叛变两条路，你们可以任意选择一条：不然你们就跟我们一起去反对他们，不然你们就死在森林里随便一个地方。怎么样?"

军官们一声不出。托克玛考夫和安东诺夫等待着,他们的马不安静地动着,草地上的阴影越来越长了。

寂静终于被一个长着灰白头发,在腮上有着一个疤痕的人打破了。他穿着挺干净的外衣。

"我可以问一声吗?"他说,"你们想跟谁打仗呢?布尔什维克们有枪械、人和军需。而在这一群乌合之众里,一百个象鼻子也摊不到三支枪呀。"

"我们已经有了一万支盒子炮、手枪弹药筒和机关枪,藏在湖边上和森林里,"安东诺夫回答道,"我们很知道你们不能空手开火。我们还有很多的人呢。善良的、结实的农民已经被剥夺了。共产党们害苦了他,他马上就要喊叫出来。善良的、结实的农民会跟我一道,这就是我们军需的来源。"

"不过他真的愿意跟你一道吗?这是很成问题的。"灰白头发的人固执着。

"他没有别地方可去。我们是他的一党。"托克玛考夫说。

"啊,好吧,让我来闯闯运气吧。握一握手,"灰白头发的人说,"从前我是跟魔鬼在一起打过红军的。"

"对啦,我是恨过的。"

"这才真是一条狼呢!"托克玛考夫低声对安东诺夫说。"我们怎样来称呼你呢?"他问那个灰白头发的人。

"雅阔夫·瓦西利哀维契·沙菲罗夫。我是一个伍长,曾得过圣乔治的勋章,我现在隐居起来是因为有一次生了气,打死过一个军官。"

"我派你做我第一团的司令,"安东诺夫说,"今天晚上我们再见。彼得,你在这儿跟他们谈一会儿,我要到村子里去一趟。"

于是他骑着马跑过洛帕汀迦河去了。

七

　　伊凡·斯托罗折夫，一个德甫里基的农民，他有三个儿子：西芒、彼得和赛尔给伊。大哥西芒，自从分家以后他就非常的贪婪，他不走运气。虽然他一声不响地苦苦工作，虽然他白天黑夜地在田野和场园里操劳，变得憔悴而且忧郁。在每件工作上都竭尽了筋力——然而他的贪欲却依然折磨他，好像疾病一样。

　　顶小的，赛尔给伊，被征去服军役了，后来就进了海军。当他们平分家产的时候，前半所房子和两只羊分给了赛尔给伊。这个水手就把它们交给二哥彼得去照管，临走时他说："以后我们还可以认得出来的。"

　　只有彼得弄得很好。人们说："彼得·伊凡诺维契真是幸运，他会把运气叫转到他那儿去。他的肩膀上都会长出头来呢，那个家伙。"

　　他娶了普拉斯考维亚·瓦西亚宁娜，虽然她的一家都是穷光蛋，然而她做的没一点错儿。

　　普拉斯考维亚有无数的兄弟跟姊妹。他们有的替彼得·伊凡诺维契打扫牛棚，另外几个半夜里替他喂马，第三组替他看孩子，第四组做一些零碎事。不管轻的还是重的，这是互有利益的：瓦西亚宁娜家的孩子们的肚子里总是灌满了斯托罗折夫的菜汤，而他们的劳苦的工作也使得彼得·伊凡诺维契的仓廪充塞得爆裂起来。斯托罗折夫自己也非常卖力地工作着，像能干的女人一样。他按时起床，睡觉睡得很晚。他很贪婪，有着一种计较的坚固的贪欲。

在星期日和节日，彼得·伊凡诺维契就到格里亚斯诺惹的市集去做羊毛、葱、胡瓜和亚麻的买卖。如果他自己没有什么可卖，他也要从邻居那儿买来，去赚一笔小小的利钱。

除此之外，彼得·伊凡诺维契还喜欢把粮食种子、面粉甚至一匹马借给村子里安静柔顺的家伙。后来这些安静的家伙就都到斯托罗折夫的田园来工作，当作欠债的偿还。他们甚至给他磕头，叫他作主子，"如果不是您可怜我们哪，我们早就饿死了"。

斯托罗折夫并不把钱蓄积下来。他宁愿把它们借贷出去，他放出每一个戈贝克，每一个卢布。他用机器和特种的牛马来经营他的田庄，人们艳羡地喘息着。

很早以前斯托罗折夫就看上列毕亚致湖畔的那几亩肥沃的田地了。多漂亮的地呀！他计算着他马上就可以离开这个村庄，建起一座大的房舍，设置一个花园，花园的四周种一圈白桦树，盖起栅棚、仓廪和下房。并且把大粒的裸麦，金黄的燕麦和橙色的荞麦都储藏在仓廪里面。

那是一块很合适的地，它吸引他，诱惑他。

"洗涤牛马的水在我就好像丢掉一块石头一样，"他想，"再也不怕旱天了。这块地种起花草、卷心菜或是胡萝卜来是再好没有了。"

他常常骑马走经那儿，并且从高土墩上下望着那展现在他眼底下的几亩地。

他知道这儿的每一处边界，他已经决定在哪儿耕种什么，在哪儿安置牲畜的栅栏，在哪儿洗涤它们土地。他父亲的一生，跟他父亲的父亲和祖父的一生都是花费在田地里，他们都是紧紧地抓住每一分寸。

"我们是依靠土地的，"他常常跟他的邻居们说，"靠了土地我们才填饱了肚皮。谁有土地谁就有权力。如果我有一千个迭斯亚丁[1]的地，我就是一个皇帝了。"

他常常在梦里看见它们——那几千个迭斯亚丁——一望无际的平原沃土穿通着溪流，点缀着树木肥沃而且丰饶的土地——而他就是它的主人。他，彼得·伊凡诺维契·斯托罗折夫大踏步地走在上面，那浴着阳光的土地，连边际都望不到。

土地——他喜欢用手从地下挖起一些散碎的土壤，用手指撚着它们，闻嗅着，甚至尝它的滋味。苦涩而细密的土壤，那里面有着一切——荣华、富贵和权力。

"什么都要变，都要丢掉的，"斯托罗折夫议论道，"人们来了又去了，可是土地抓在一个好农人的手里却永不会跑掉——它活着——永远地……再没有什么东西比土地更可宝贵的了。"

他想多耕种一点，多占有一点，把它们紧紧地抓在自己手里。筑起高高的篱笆，提防着别人，豢养着凶猛的狗日夜地守卫着。如果有谁竟敢来侵犯了他的土地、他的权势的话，那些狗就会把他撕成碎片。

他但愿有更多的儿子住在更多的土地上，并且占有它，那么所有的人就都要仰起脸来瞧他们，并且因了他们的权势而尊敬他们了。

他总是贪图着土地。他常常跑到邻家的地上，嫉妒地叹息着，自己心里想道："啊，只要我有了这块地，只要我有了更多的一点，只要让我坚定地站上去像一个主人，那我可真就像个人物了。那么所有的农民就都要仰起脸来瞧我，所有地方上的官吏也要瞧我害怕了。"

彼得·伊凡诺维契小视他们所有的人——农民的呆笨和官吏的贪婪。当赛尔给伊从海上回来的时候，他很喜欢静听他所要说的话，赛尔给伊给他哥哥带来了许多犯禁的书籍，彼得读着，并且用他自己的意思

[1] 迭斯亚丁是俄国计量面积的一种单位。——译者

解释着。白天在花园里一个寂静的地方，他跟那个水手长谈着关于沙皇的事。他自己的意见认为那个昏头昏脑的家伙——沙皇——一定得赶走而把政权交付给一个像他这样坚强而又善于打算盘的人。

战争只不过刺激了一下斯托罗折夫。在日俄战争期间，他把他的舅子——酒鬼阿德利安藏匿了两年，为了避免兵役，而听到本国战败的消息时，他也只是恶意地笑着。一九一四年，他也没有胜利的确信。

他欢迎了革命。

一九一七年的五月，他到塔姆包夫去了一趟。回来时衣服上束着一条红绸带，并且获得了"区党部委员"的等级。他加入了社会革命党，他觉得很合适。

"这是农民的党，"他说，"它要起来为我们做事，为了所有自给自足的农民。"

他骑着马去出席大会和讨论会，练习说话和听话，做种种的期约并且实践了它们。

当人们还在小声谈着革命的时候，斯托罗折夫就骑马到邻村的地主那儿，把他吓得摸不着头脑。谄媚他，恫吓他，一钱不费地弄到了他列毕亚致湖畔二十个迭斯亚丁的土地。

对于斯托罗折夫这是一个兴旺的年头。裸麦和燕麦都收获得那么多，简直连仓廪都快要充破了。母牛生了牛犊，牛犊都很旺壮，他给母马配了血种的雄马，他的猪也都很肥。

那年秋天彼得·伊凡诺维契被选为出席国民大会的代表。他又到塔姆包夫去了一趟，访问了许多社会革命党的党员，看见了好多好多人，记住了好多好多事情。

当他回到德甫里基来的时候，他显得更加年轻了。列毕亚致湖畔地产的契据装在他的口袋里。费多罗夫替他策划了整个的事情，一切都按照着法律的手续办理了。他的梦想实现了。

又有了许多谣言，关于布尔什维克和一次新的革命。可是斯托罗折夫并不注意这些，年头太好了。他趾高气扬地在村子里走着，脸上带着自尊的笑容，他跟农民们握手，一开口就说："我们是为了俄罗斯的农民呀，你晓得。"

斯托罗折夫命令农夫们不准稍损地主的产业。他从许多不痛快的事情里救济了地主，并且还帮忙了他的老朋友，例如樵夫菲利普，当农人们为了报复他的贪吝和苛刻要在他的房子上放火的时候。

十二月里，斯托罗折夫听到了革命。正月里，他赶去出席国民大会，可是马上就回来了：布尔什维克已经解散了那个会。

到二月里，他的麻烦来了……赛尔给伊回到家里来要他的前半部房子和羊。羊倒是没有多大关系的——对于彼得·伊凡诺维契两只羊算得了什么呢？——可是那个水手把东西全抓在自己手里，还要去鼓动穷人和当兵的。

彼得·伊凡诺维契住惯了这所房子，就把它看作自己的了。他忘记了在他弟弟的羊身上烙个记号，那么现在他怎样能把它们从自己的羊中间分别出来呢？况且他绝没有意思要把权力交给他的弟弟以及他的同志们。

当他的弟弟提起湖边上那块地来的时候，彼得·伊凡诺维契大怒了。

"怎么？我连地也要放弃吗？给谁呢？为了什么缘故？"

但是他们拿去了斯托罗折夫的半群羊，三匹马，仓房里的粮食，夺取了他的枪械，撕毁了他那"区党部委员"的证书。

年轻的瓦西亚宁娜家的小伙子都不替他工作了。只有一个孩子叫作楞迦的还留在这儿，像往常一样地替他做事。他从小就被带到斯托罗折夫家里来，他的母亲给这位农人磕头，哀求他可怜她的穷苦，收留她的儿子当一名田庄上的小工。

他对于那些住在"混人的末路"（这是一条街的名字，在这儿，顶穷苦的农民们度着他们可怜的生活）上的下流人，是并不爱惜的。不过他倒是挺喜欢这个小孩。他长得很聪明，眼神灵活，并且显然是非常顽皮的。斯托罗折夫踌躇着，好像要毫不客气地拒绝了，但是后来终于答应了收留他。

除了千恩万谢之外，楞迦的母亲替彼得·伊凡诺维契在礼拜堂里燃了三支蜡烛。

斯托罗折夫为了一点小事就毫不怜恤地捶打楞迦，甚至当他并没有犯错的时候也要挨打，只要他偶尔在他主人发脾气的时候冒犯了他。小孩子们常常喊楞迦作"挨鞭子的孩子"，直到有一天他揍了一个叫作撒式加·齐里金的，比他大五岁的大孩子，打碎了他的牙床。楞迦在这一家里长大起来好像是第六个儿子似的。

斯托罗折夫对于儿子们从不关心，就是顶小的考尔迦，他也是一样。

较大的孩子们都在田里找到了工作，靠了工作，他们从父亲那儿挣到面包。他们跟他们的父亲一样，都是高大，沉静而且能干的孩子，又是很好的工作者。每人都有两颗机灵而含恶意的眼和一双紧握一切的贪婪的手。

"再多给我几个儿子吧，母亲，"彼得·伊凡诺维契跟他的老婆说，"啊，你多么圆肥呀……再多给我生几个儿子——好替我做工。我们老来就不会挨饿了，无论哪一个也会给我们一个角落的。"

普拉斯考维亚总是在一种惊人的速率下生育孩子。

"他们跑出你的肚子来像子弹一样，"彼得·伊凡诺维契大笑着说，"哎，那里边一定还有好多不熟的吧，母亲。"

可是考尔迦的出生却是很艰难的。普拉斯考维亚躺着，脸色发青，她的眼睛睁大了，她的嘴唇痉挛地一抽一缩，她的身体在极度的痛苦里扭歪着。

不知是因了彼得·伊凡诺维契的心软下来了呢（那时候他的前额上冒着一粒一粒的汗珠），还是在他心里有些什么东西替他老婆颤动起来了？不过无论如何，当考尔迦尖锐地哭着从他母亲的子宫钻出到寒冷而晴明的十二月的光线底下时，斯托罗折夫竟而忘记了说他那句通常的话：田庄上又添了一个新手了。

第一次真正的父亲的欣欢充满了他的心。

彼得·伊凡诺维契通常总是冷酷而沉寂地待在家里。只有考尔迦的蓝眼睛和清朗的笑声使他父亲沉郁的日子欢跃起来。有时他会爬上他的膝去，用他那抚爱的拙笨的小手触弄他的面颊，而当他父亲也用他那黑色的厚胡须弄他的时候，他就会笑得喘不上气来。

他像一只小猫——柔软，可爱而且闲适。他常常跑到父亲跟前，站在那儿把头仰到后面去。一个人将永不厌倦地俯视着他那双蓝眼睛，像一个未经风暴骚扰的森林地带的池沼一样的清朗、明静，在那儿只有太阳照耀着，还有树林的顶枝连连地摇，看它们翠绿的鬃发。

不晓得为了什么原因，考尔迦顶喜欢那个田庄上年轻的小工。而楞迦也喜欢考尔迦，跟他在一块玩，教他骑马。四岁的时候，这个小孩子已经可以抓住马鬃自己骑了。而马也好像知道是谁用了软弱的小腿夹住了它的两脊。

也许就是因为斯托罗折夫知道了他们俩互相的爱谊，所以当大家晓得了楞迦的哥哥李斯特拉特加入了布尔什维克的时候，他也没有把楞迦赶走。

楞迦待在那儿像没有事一样，一切照常。他经常独个儿做三个人的活，像往常一样的快乐。夜晚到街上去闲逛，在草垛后面追逐女孩子们。

斯托罗折夫知道楞迦的勇猛，于是翘起一个警告的手指来说道："呃，他们可会揍你哪，你这狗养的，为了女人的事。"

"谁要揍我？"楞迦笑了，"女孩子们自己愿意跟我玩嘛。"

楞迦会心地笑着，可是彼得·伊凡诺维契却恶意地吐一口唾沫走开了。一面还咆哮着："小流氓，一个十足的无赖，早晚要倒霉的！"

遭遇过秋天的不幸之后，彼得·伊凡诺维契把田庄上的事情丢给他的舅子阿德利安和年轻的楞迦去管理。

苍白头发的阿德利安终日跟他自己咕哝着，楞迦在场园上唱歌，而彼得·伊凡诺维契坐在家中近门边的角落里的一条凳子上。他那硕重的手掌放在桌子上，他读一首并且背诵一首圣经，找寻革新的罪谴。

"这儿就是预言者说的，"他说，"他们只能统治八个月的工会，之后米海尔亲王就来把他们赶走，这儿还有米海尔亲王哪。他也许是罗曼诺夫家的，他也许是一个破落的贵族。不过，让小鬼逮了他去，他总比我的令弟赛尔给伊强得多啦。"

他除了礼拜堂哪儿都不去，永不跟他的兄弟们说话，对待儿子也是暴戾而且蛮横。

除了考尔迦例外，没有一个人喜欢他。

八

　　斯托罗折夫跟一个送信的人在仓房里秘密地谈了很久，直到夜里他才看着他向来路回去了。于是他叫起楞迦来，吩咐他，一清早就要备好马匹。

　　"我们到哪儿去呢？"

　　"到月亮上去，"斯托罗折夫训斥着说，"你的事情是备好马匹，而我的事情才是计划着到哪儿去哩。"

　　"坏脾气的老东西，"楞迦对他自己说，"去嚼你的破布片吧——你就只会这么干的，白头的老鬼！"

　　楞迦惋惜地想着，怎样让李斯特拉特要带他一同到沙利特辛去。楞迦并不想去，他跟这个村庄，跟彼得·伊凡诺维契过惯了，常常在深夜里跟女孩子们一同出去玩，还跳进牧师的果园里去摇晃苹果树，随后就爬在地下的草地里寻找熟透了的水汁丰富的果子。他拒绝了同他哥哥到城里去，因为他不愿意离开这个村庄。但是楞迦还有别的原因不愿意走——他的爱人住在格里亚斯诺惹，她有一束轻柔的长头发，她叫作纳塔沙。

从前在有市集的日子，楞迦常常到格里亚斯诺惹去，跟斯托罗折夫一同，有时也偶尔自己去。

这孩子爱上了这个女孩，可是他的求婚却没有效果。她愿意跟他一同出来走走，听听手风琴的歌声。她甚至让他围抱住腰身，她喜欢接吻，可是她永不同他到草垛后面去坐，她晓得应该怎样保持住自己。

"你怎么能跟我配在一块呢？"她对楞迦说，"你有什么好处？你有金钱或是田产吗？你只不过是斯托罗折夫田庄上的小工罢了——那么让我做什么呢——做他的厨子或是什么？去再另找一个吧，我的孩子！"

然而她爱他，更其倒霉的是他知道她爱他。可是她坚决而且勇敢，并且还有一副锋利的口齿。他不能不想她，他没有力量把她忘掉。楞迦叹气，对自己发怒，可是仍然忘不了她。不管天气多么坏，道路多么糟，他依然走到格里亚斯诺惹去看纳塔沙。

九

第二天早晨下着一场细雨，天空中满遮了灰暗的云彩。郊野里是冷的。风刮了起来，田野里虚寂无人，在庄稼割剩的根蘖上乌鸦在吵闹着。

斯托罗折夫坐在马车上，裹在他的外衣里。在赶车人的座位上，楞迦低声哼一个没有词儿的歌，想着他的纳塔沙。他已经很久没有看见纳塔沙了，有五个多月——自从斯托罗折夫不再去赶集以后就没有见过。他痛苦地舍了他的爱人，而纳塔沙却送信来问："你为什么不来看我了？你已经另外找到一个了吗？"

"另一个"——真的吗？楞迦白天黑夜里想念的只是纳塔沙一人哪。但是他再也不能到格里亚斯诺惹去了，这就是一个田庄的小工生活里顶坏的地方。现在到底他可以看见他的爱人了，因为这条路走经格里亚斯诺惹，他主人的目的地楞迦不知道，但那并不使他发愁。他们不得不在格里亚斯诺惹停下来喂马。

正在他们到达格里亚斯诺惹之前，早晨的细雨变成一场倾盆的大雨了。他们到达村里时，皮衣服都湿透了。像往常一样，他们到牧师家里住下。

跟牧师谈了一会儿之后，斯托罗折夫吩咐楞迦备好一匹鞍马。三点钟以后他骑着继续前进，把楞迦留在格里亚斯诺惹。

雨还是下着，楞迦痛快地仰望着。当斯托罗折夫呆笨地爬上鞍去的时候，那匹母马缓缓地顺路走了下去，溅起着许多雪水。

楞迦对他自己笑着，走进来吃晚饭。两点钟以后，喂过了那匹灰色的雄马，楞迦踱出大门去。在村子的尽头上，一个手风琴哀声地低诉着，还可以听见一个哀哭似的歌声。楞迦抬头望望天空，在那儿许多破碎的烟云追逐着。一会儿月亮隐在它们后面了，一会儿它又钻出来把一抹鬼气的光线散射在茅草的房顶上，泥泞的道路上，和那些疲劳地探出它们枝叶来的树木上。楞迦拿出一把梳子，整一下卷曲的头发，把帽子极度地歪戴着，向唱歌的地方走去，纳塔沙一定在那儿。

他走到街的尽头，在一家孤零的茅屋前面的木料上坐着一群男孩和女孩。在这一群的中央，拉手风琴的人坐在那儿带着一股了不起的神气，拉着乐器，他奏一个"难受的"调子，纳塔沙用低音和着歌词：

多丢脸，多丢脸！

每人要出三蒲特的粮面。

多丢脸，谁遭难？

又是当兵的欺侮庄稼汉！

为了不打断纳塔沙的歌声，楞迦没有使她瞧见。他在孩子们旁边坐下来，让他们吸烟，接受他们回赠的葵花籽，一面听着他周围人们的谈话……一个穿着黄褐色皮衣服的人在那儿低声告诉他们关于安东诺夫的事。

"穿着红马裤，戴着红帽子，骑一匹阿拉伯的马。"

"他是一个将军呢，还是什么呢？"黑暗里一个声音说。

"他不是将军，他是一个普通的囚犯，因为在大路上打劫，给送到西伯利亚去过。"

"那么，他怎么样呢？"

"骑一匹阿拉伯的马，"讲话的人继续说，"去唤起农民来。我就是为了你们呀，他说。"

"啊，小鬼逮了他去……他们都是为了抢我们的粮食，那才是真的呢！"

"哎哎，"年轻人继续说，不理会别人恶意的反驳，"骑着马来回地告诉农民加入到他这一边。那么他就给他们好马，让他们骑了去打共产党。"

"听呀，你们知道新村子里的那个彼得卢哈吗？哎，他也随了安东诺夫。他走了就什么消息也听不见了。"一个小孩说。

"怎么，他走啦？"

"对啦，骑着一匹马就走啦。"

没有一个人说话。手风琴继续奏下去——一个绝望的调子，唱歌的人们互相竞争着。

"哎哎，"穿黄褐色衣服的小伙子到底嘟噜了出来，"喂，让我们到村子里溜达溜达吧，孩子们，我们为什么老是这么坐在这儿呢？"

"村子里有泥哪。"

"咳，泥又怕什么呢？我们不会淹死的！嘿，女孩子们！"他喊道，"我们一同绕着村子走一圈吧！"

女孩子们站起来，拉手风琴的人站到行列的前头去，就这么着，一面唱一面笑，他们都穿过寂静的街道走去了。

楞迦走近纳塔沙去，拉住她紧身的袖子。女孩子回过头来，低声柔和地笑了一笑。

……现在等待的苦楚消逝了，愁闷的日子也过去了，她就在他的身边。她唯一的亲爱的孩子，她渴望着的爱人，她已经有五个月不曾看见他了。她靠紧他，从人群里溜出来，拉他回到草垛的后面去。

"亲爱的，"她低声说，拥抱着他，"楞迦，乖乖，我是多么地想念着你呀。我想你把我忘记了，丢了我，不想再见我了。"她把她的头俯在楞迦的胸上。

他们分离的时候天色已经放亮了。在东天边上可以看见一片绯红，地上蒸发着水汽，潮湿的青草经过了昨天大雨的冲击都倒了下去。

"呃，怎么样？"楞迦问，当他临末一次吻着纳塔沙的时候，"我们将来怎么办呢？"

"我要跟你到天边海角，楞迦，亲爱的……我要哀求父亲收留你做一个女婿，也许他会答应的。如果不行——那么——就是去给斯托罗折夫做活我也愿意干，只要能跟你在一块。现在，让我回家去吧，楞迦。不，你不要来，楞迦……让我去……亲家的……"

中午时，楞迦去找她的父亲——福罗尔·巴叶夫，跟他谈了谈。福罗尔估量地瞧着楞迦，好像一个农人在买一条牛犊之前打量着那条牛犊一样。楞迦红了脸，喘着粗气，打着自己的鼻头，小心地回避开纳塔沙，不看她一眼。她走出去以后，福罗尔说："我的生活很穷苦：一条母牛，一匹马和一个挺好看的女儿——这就是我所有的。"他笑了起来，露出他那烂坏了的牙齿："然而她是一个非常好的女孩子！如果你糟蹋她，我就要绞死你，你这小流氓。好吧，你就娶了她吧，如果你想要她的话。让我做庄稼活真是够累，那么现在你可以替我做了。"

于是他们双方都同意了。结婚要在六个月以后。

十

　　四天以后，在吃午饭的时候，彼得·伊凡诺维契回来了。在他回来之前，楞迦从没有离开过纳塔沙的身边，格里亚斯诺惹的孩子们不止一次地恫吓他说要打断他的肋骨。

　　"瞧那个狗他妈的儿子，"他们在街上跟在他后面喊着，"也许他们那村子里一个女孩子都没有吧——跑到这里追起我们的来了。"

　　"敲碎他的脑袋，那么他也许就不再勤来了。"

　　"我也替你敲碎你的脑袋，"楞迦回骂着，"我总要把你揍得连牧师都不用找了——直接去吩咐你的棺材吧!"

　　傍晚时候，主仆二人离开格里亚斯诺惹回家去。斯托罗折夫把他带来的一捆笨重的东西放在马车上，并且很小心地用稻草遮住。可是楞迦却已经窥见了它的内容，而他所看到的东西使他猛力地吐一口唾沫，因为那是一些用大黑字印就的书籍和宣言。当他们约莫走了三个微斯特^[1]的时候，楞迦回过头来跟他的主人说："我就要结婚了，彼得·伊凡诺维契。"

"啊!"彼得·伊凡诺维契说，吃了一惊，"我倒很奇怪是怎样的一位贵妇人钓上了像你这样一点用处也没有的无赖?"

"纳塔沙·巴叶瓦，"楞迦骄傲地回答，"一个顶好的女孩子!"

"那个女孩子也许是顶好的，可是她却嫁了一个混蛋!这正是结婚的好时候呢!我们得先去打仗，楞迦，打完了仗那么你高兴结婚就可以结婚了，懂吧?先忘掉那个女孩子。这是紧急的时候，别地方已经打起仗来了。我们也得打仗——不然我们就要被毁灭了，我们要为了善良和一切而受到摧毁!"

彼得·伊凡诺维契裹在大衣里不再说话了。楞迦也不说。他的兴致突然低落下去。

把潮汹的泪水咽到了喉咙里，他向马匹喊道："喂喂，你们!动一动吧，不会吗?"

从这时候起，斯托罗折夫就日夜不得清闲。他在村苏维埃里宣称他被一个彼特罗格勒的机关委托了负责买马的事。他拿出一张从主持塔姆包夫支部的高尔斯基那儿拿到的证书（那张纸是安东诺夫签发的）。拿了这件事情作为借口，他就在每个星期的末尾到区里的各处去游荡。楞迦也常常跟他一同去。有时楞迦被吩咐独个儿去送信给生疏的人们，从他们那儿他给斯托罗折夫带回来用俗话写的回条或是奇怪的信件——像"天下起雨来了，铁匠打起铁来了"，或是"鸟儿飞了，在河里捉住它"。

---

[1] 微斯特是俄国计单位的音译，一微斯特约合一千零五十公尺。——译者

十一

    有一次斯托罗折夫几乎给捉了去。一定是什么地方有勒索的事情破露，或者什么事情露了破绽，斯托罗折夫左右的朋友都遇到了"柴加"[1]。受到危险的警告。他逃了。

    有两个星期的工夫他在乡野里乱跑着，靠着随手捉到的野味过活，还要十分痛苦地随时淹没自己的足迹。当他在森林中的一间泥屋里这样生活着的时候，冬天来了。

    当天气很坏，而他又必须静静地躺在小屋里的时候，斯托罗折夫常会残酷地向他自己笑着，一面回忆着他曾怎样巧妙欺骗了共产党们。他靠着对于所有人们的憎恨生活下去，他所有的希望都寄托在安东诺夫的正在召集的军力上。

    不断地下了几天雨，小屋里变得非常潮湿了。有一天，斯托罗折夫醒来，浑身都湿透了。原来，房子里满地是水。他想燃一点火，可是无

[1] 柴加，俄语侦探的音译。——译者

效。潮湿的白杨木嗞嗞地响着，冒一阵烟就完了。他不能取暖，他的牙齿震抖着，他的腿疼，头也疼。

斯托罗折夫知道自己病了，所以他再也不能在这间小屋里待下去，他得另找一个过冬的地方。他决意去找他的老朋友，樵夫菲利普，他那片山林离斯托罗折夫隐匿的地方并不太远。

他沿着几乎看不清的道路，还有许多池沼和苇塘，一路上他不止一次地跟山里人一同打猎。有时他陷进泥塘里去，跌倒在冰冷而滑溜的地上，于是爬起来再走，用第六种感觉找寻他的路径……

他的头比往常疼得更厉害，他忽冷忽热。他的头昏了，他害起热病来。他已经快要达到那个樵夫的房子。可是他一点劲儿也没有，他倒了下去。

一个星期之后，他又清醒过来。一张女人的面孔俯在他身上。斯托罗折夫想爬起来，可是一双大力的手把他按在床上。

菲利普·伊凡诺维契是斯托罗折夫的老朋友。他曾跟阿德利安在一个团里服过军役，不过他的父亲——一个自给自足的农人——花了一点钱把他很快地弄出来了。当菲利普从军队里回来以后，他要他应得的一份家产，卖掉了货物和牛羊，去到邻近的乡间做一个樵采森林的人。他赌咒一定要把自己弄得富有起来。菲利普发明了许多规则和章程，使任何人都不能偷他一根树枝，甚至一块木屑。于是，他捉拿偷窃的农民，并且对于每一个被捉住的人都毫无怜恤地逼取罚金。眼泪不能使他感动，对于诉苦的话他有一个聋耳朵。一九一七年他几乎被杀，农民们恫吓他，说要烧掉他的房子。

后来斯托罗折夫救了他。斯托罗折夫跑来劝说农民们不要理他，跟他闹是丢脸的事。他还恫吓了农民一顿，他们喊了一阵，谈了许多，然而群众的嫉恨心往往是不会长久的。他们谈走了心里的东西，从此以后也就仿佛忘记了他们的不平。

菲利普过着平静的日子。直到一九一八年，他藏起了他的钱，卖掉了他的牛羊，那么当布尔什维克来的时候，他们从他这里敲不出一点东西来。军队过去以后，菲利普露出他那乳白的牙齿，低声狡猾地嘶叫着。现在起他要更加厉害地对待农民了。

"我现在是为了苏维埃做事了，你们这些私生子，"他说，"他们要给你们自由，他们一定！"

"啊，我想现在我们都很清闲了，菲利普和我。"斯托罗折夫躺在床上想。

他又走入了一场打着鼾声的健康的小睡，几天以来这种睡眠常常来拜访他，一天一天他增长了新的体力。他现在可以在房里走来走去，有时他在窗口坐得很久，注视着稠密而幽暗的树林，许多寂寞的思想在他的心里飘过。他不愿想起雪霜就要来到，冻住了水湾，那时候他就要离开这间温暖洁净的房子了。

下了一场黏湿的雪。彼得·伊凡诺维契走到院子里去，长久地站在那儿望着树林穿了白色的衣衫，枞树们都是多么听话地把雪的沉重的丧衣披在肩膀上呀。

菲利普终于从车站回来了。那天晚上，他们俩围坐在茶桌旁边，斯托罗折夫对他说："我要走了，我的朋友。等一等，不要打断我的话头，我不愿意让我自己遭到不幸，更不愿意连累了你，现在每一分钟都可能有人来。你愿意劝告我做一些什么事，并且到哪里去吗？"

菲利普静坐了一会，吸着烟。于是他说："我不能让你回去。现在不是你应该走的时候。我们幸运的是直到现在他们还没有嗅出你来。喂，注意，离这儿不远有一间小屋。我知道夏天时候有两个家伙藏在那儿。他们也许是逃难的人或是——小鬼，晓得他们是干什么的，那是一间顶好的屋子。如果他们还活着，你就跟他们一块儿；如若不然，那你就自己住着，等到春天你就可以随便到哪儿去了。我会去看你的，那里存着粮食，我经常供给你弹药。不要发愁，我们只要等着下够了霜，那时候我们就可以走了。"

终于来了一场严霜。松树震响着，房子的墙壁冻裂开来。菲利普替斯托罗折夫收拾好一双毡靴、一件皮外衣、麻布、一口袋干面包和他的来复枪需用的弹药，黎明时他们准备起程了。

将近中午，风刮了起来。森林里风声越来越大，狂风在新插的树木中间吹得雪花团团地转，马在未经踏过的雪上走着，有时候深深地陷进一个雪堆里去。他们走了一整天，天色傍晚的时候，菲利普拉紧马缰叫斯托罗折夫跟他一同到森林那边去。

"你瞧见那棵高松树了吗？朝着它一直走去，走到那里，转向左边一直走过那片洼地，约莫得半个钟头，当你看见橡树林子的时候，一直越过去。你就会走到有一排树的地方，再走过去你就可以找见那间小屋了。它在枞树林子里面。"

他重说了一遍路上的标志之后，增添说："注意你要一直地走不要向右——那儿出狼的地方——那儿埋着打狼的陷阱。好吧，再见，上帝保佑你。"

斯托罗折夫把来复枪和口袋吊在肩膀上，热烈地吻一下菲利普，就头也不回地走进森林里去。樵夫站在那儿望了他好久，才装着放心的样子走进雪橇，掉转过马头，鞭打着它走了。

十二

　　斯托罗折夫找到了那棵高松树，向左转，走进了洼地，那儿满地长着低矮的树木。在这空旷的地方，风是更加强烈了，它吹得粉状的雪花旋转着，扑上他的脸来，刀子似的割着他的面颊和嘴唇。现在星星已经明亮地闪耀着了。突然，斯托罗折夫听见了一声隐蔽的嗥叫。

　　"狼!"在他的脑子里闪着。他加快了脚步。不过逆着风向前走是很困难的，风吹得他简直要打跌。雪跑进了他的眼里去。终于，橡树林的黝黯的墙壁近在他的面前。这儿，风静了一点。斯托罗折夫在一块树根上坐下来，擦着他淌汗的脸，抹去胡须上的冰花。突然他听见近旁有一声拖长的嗥叫。他跳起来，跑进橡树林里去。他跑了很久，喘息着，连腰陷在雪里，在看不见的树桩上和倒下来的树上撞伤了自己，他在有棘刺的矮树中挣扎着。在森林外面他瞧不见路，连一丝儿光亮都没有。他蹒跚着走了又走，跌倒了再爬起，嘟噜着咒骂和祷告。那些坚韧的可恶的矮树，打击着他的脸，撕破他的皮，直到温暖的血流下他的面颊，跟他的汗水混在一起。斯托罗折夫的气力马上竭尽了。他丢下他的口袋，埋在橡树下面的雪里，现在他看见有一点光亮的什么在前边颤颤着，后面跟来了追逐的叫嗥。狼越来越近了。有时它们赶过了他，有时他又好像看见它们的影子从身旁掠过去，只隔几步远。他本可打它们一枪，可是他害怕枪声会把树林里有人的事泄露出去。

他终于走出到树林的边上了。这也许就是菲利普说过的那个地方，也许是另一个地方，但是无论如何，橡树林子已经到了尽头，而一片满浴着月光的宽敞的空地躺在他的面前了。这儿风得了势，锐利而且残酷。挣扎着用自己的气息温暖着冻僵的双手，斯托罗折夫起始走过空地。他找寻枞树林子，可是连一点影子都瞧不见。四面八方他瞧不见别的，除了长着木瘤的老橡树。

在空地的中间，他掉进了一个雪坑，一直陷到他的胸部，那支来复枪从他的肩头滑下来掉在雪里。他正要挣扎出雪堆来的时候，突然一个非常紧的铁钳子钳上了他的左手。

狼阱哪！他竟落进狼阱里来了！

他无效地扭来转去，挣扎着想脱掉这个紧紧的拘束。他的脚更深地陷进雪里去，他的手被打狼机紧紧地抓住，他无效地喊救。唯一的回应就是狼们的叫嗥。

斯托罗折夫终于不动了。他失去了气力，他的嗓音喊哑了。他不动地躺在那儿，紧紧地被铁和寒冷包围住，风把雪吹上他的身来。寒冷穿透了他的心，他的血冷凝了，他失掉了知觉。混杂的景象和脸孔在他的脑袋里回旋着：死了很久的人都跑到他的眼前来了；他买到的列毕亚致湖畔的那块地——他自己站在田里，独个儿站在他的地上。还有死在森林里，独个儿死在树木、雪和狼们中间的恐怖压上了斯托罗折夫的心头。

他最后一次睁开眼睛，在他上面星星们冷冷地闪烁着。

十三

在一九二〇年的冬天，安东诺夫领着一小队人冒着大风雪跑进了佐拉托惹村去。他赶走了地方上的共产党，抢劫了合作社，傍晚时候他在学堂里召集起村民来开一个大会。他们很勉强地去了，有些简直还是用鞭子打去的。

安东诺夫的骑兵锁上门站在一旁，交叉起枪械。他们都是形貌魁伟的小伙子，显得非常凶狠，整齐地穿着皮衣或是布衣。

佐拉托惹的农民们互相低声询问着这支新的军队是干什么的。而在安东诺夫这方面，他也是用奇异的眼光看着农民们。自从秋天他曾在卡门加及附近的村落里驻扎过，那儿的人们都曾是他的朋友和亲戚。这是第一次他要跟陌生的人们讲话了，而魔鬼知道他们要转到哪一条路上去。

叶哥尔·伊洵开始谈话。他的红衬衣随便地解开着领扣，他那油光的小眼睛狡猾地转动着，他的面颊上发着闪耀而无情的红光。

"苦农联盟省委会的伊洵同志要讲话了，"安东诺夫宣告说，"你们要听吗?"

伊洵走到桌子前面去，弄熄他的烟卷，环视着嘈闹的会场，笑了。

"愿你们今天好，农民们!"

"您好，您好。"他们回答。

"今天的确是不坏，不过，问题是它到底好到一个什么地步? 不是那样吗? 哎，你们都是一些脾气多么坏又喜欢发怒的人哪。真的，我奇怪你们为什么那样? 政府是你们自己的，不是吗? 它使你们够吃够喝，还照料你们——替你们派了委员来。你们为什么还不满意呢?"

"你那条舌头像小鬼的一样滑，不是吗，年轻的小伙子?"一个人从角落里喊着。

"谈正经话，不要瞎扯。"

一个老人从前排的桌子边站了起来，他很苍老。

"你尽在那儿露着牙笑干吗呢?"他咆哮着，"我们不想看你的牙齿。告诉我们，你们到这儿来干吗，你们属于那一支军队，谁是你们的头儿? 你听见我的话了吗? 不要麻烦我们老百姓吧。"

老人不耐烦地用拐杖敲打着地板，哼了会儿，坐了下去。

"好吧，那么，听着我要给你们讲一个故事了。那也许稍稍有意思一点。"伊洵把灯挪开，坐在桌子角上。

"有一次上帝送给乌鸦一块饼干……"

农民们笑了，屋子里又嘈闹起来，于是伊洵继续说下去："他们说上帝帮助那些自助的人。这里也是一样，因为那块饼干，乌鸦差一点被人杀了。当它在找寻那块饼干的时候，人们拿砖头打它，差一点把它打死，后来这个可怜的鸟儿又几乎被猫捉去吃了……对啦，那块饼干花费了乌鸦不少气力。它坐在一棵树上，想法子怎样去吃这块好吃的东西。于是一只狐狸突然爬上树来了，狐狸就跟它攀谈起来：'呀，你是一只多么可爱，多么聪明的鸟儿呀。真的，乌鸦小姐，而我又是你的一个多么忠实的朋友呀。从古时候，我们知道上帝就总是告诉狐狸要伺候乌鸦。我特别来找你，问你是不是愿意再多要十块饼干。只要你说一声，我马上就可以把它们取来！'你们听见过这个寓言吗，朋友们？"

"啊，对啦，我们全都听见过。"

"寓言是一个，不过你说的不同了。"

"哎，你们晓得它的结尾。乌鸦高声噪了出来，饼干从它的嘴里掉出去，被狐狸吃了。事情不就是样的吗？"

"是，是。"

"好啦，那么，农民们，从这个乌鸦的故事里，你们没有认出你们自己来吗？"伊洵回视着教室里，他的脸不再是嬉笑快乐的了。屋子的角落里黑黝黝的，一层烟草的蓝色的云翳飘浮着。安东诺夫的手下，执着来复枪静静地站着。

"我告诉你们：你们自己就是一只乌鸦，这不就是你们应该前思后想一下的时候吗？这不已经是在那只狐狸剥了你的皮以前，你要去抓住它，剥了它的皮的时候吗？你们丢了多少东西？他们昨天从你们这儿抢走了多少？"

"昨天运到车站去十五万蒲特。"那个白胡须老头叱骂着，又一次暴躁地用拐杖敲打着地板。

"你们还要再拿十五万蒲特哩。"安东诺夫突然说起话来。"弟兄们和农人们，"他喊道，"加入到我们这里来吧！我们正在组织苦农联盟——大家为了个人，个人为了大家——就是我们的标语。来扛起你们的枪，小伙子们，我们替你们预备了很多，让我们去打共产党吧。他们还没有站稳脚步呢——布尔什维克们——我们很容易地就可以把他们打散了。"

"打散他们是一件事情，"一个坐在白胡须老头子旁边的人插进来说，"然而问题却是我们又要替谁出力呢。"

"我们绝不要替任何人出力，"伊洵回答道，"我们要自己管理自己。你从田里收获的都是你自己的，绝不让你分给别人！如果你想做买卖——也可以，如果你想养三头牛——也可以，那对于国家也都是非常好的。"

"鬼晓得你们想干些什么，你们是不是有一句实话！也许，你们自己就是一种狐狸呢。"

"怎么，我是一只狐狸吗？"安东诺夫跳起来，捶打着他的胸膛，起始夸张地谈他在西伯利亚受过的罪，当他谈着人民并且他自己怎样替人民打算的时候，他的嘴里喷着唾沫星子。

受到他这一阵兴奋的喊叫的感染，农民们离开他们的座位，围挤到桌子边来，谈着，互相打断着话头。压倒一切的声音，伊洵高谈着国民大会，谈着共产党，他果断地说共产党们把他们自己人卖到德国去，还谈着抢劫……

"我要正式加入你们了。"一个穿布紧身的年轻人喊道。

"正式加入吧。"

"给我们来复枪呀！"

冲破了这些嘈杂的声音，街上响起乱枪来了，接着是一架机关枪的急响……好像被一阵大风吹着似的，人们赶紧跑向门口去，吓糊涂了，他们打着，撕着，咒骂着。

于是礼拜堂里敲起了警钟，街道上奔跑着一群马队，他们是什么军队或是从哪儿来，没有一个人知道。费了许多麻烦，安东诺夫才好容易集合起他的人，从佐拉托惹逃走了。红军追了他们将近四十个微斯特，于是，把他们赶到了一个小村里，把整个队伍解散了。

在瓦细列甫加，那一支游击队是被托克玛考夫和沙菲罗夫带领着的，事实上他们已经不能号召起农民来了。彼得·托克玛考夫绝不是一个公开的讲演者。

倒霉的运气跟定了安东诺夫。一直到二月里，那时候他所有的部队几乎一个人也不剩了。最后他不得不带领着他那两百名忠实的随从从琪尔桑诺夫附近的村庄里退了出去。

春天里，安东诺夫从高尔斯基那里收到塔姆包夫的消息，那是从社会革命党秘密委员会里下来的命令，它说现在已经到了扩大组织的时候，农民们叛变的心思已经成熟了。

全国里都在打击富农。皮尔苏茨基向基辅方面推进。仑格尔准备要突出克里米亚来。跟芬兰、拉多维亚和爱沙尼亚中间的和平也还没一定准。莫斯科的战事展延着各方的阵线。

白天黑夜过着军队。人民中跑出去打军队的将军，阿达满[1]，还有土匪的头儿。当兵的跟做工的等待着面包，他们的儿女啼哭着要东西吃。

富农们有许多粮食，可是要从他们手里拿出来却是越来越难了。安东诺夫的名字——那"农民的阿达满"——在塔姆包夫的村落里常常可以听到。他的党羽散放出流言去，说安东诺夫要保卫农民了，他什么都不征收，无论马匹或是面包，他什么都不要，只是需要人。傍近春天的时候，农民们起始寻访出安东诺夫来，把他请到他们家中，并且加入了他的部队。最先要离开村庄的是那些从共产党的治下偷积下大堆粮食的农民，他们决意要用手里的来复枪去保卫他们的粮食，并且要跟安东诺夫一同去闯闯运气。

现在——从希特罗窝，从阿法那西哀夫斯克，微尔虎裁尼惹，潘撒里，巴甫拉达劳窝，普斯托法劳窝，还有包利索格列布斯克，琪尔桑诺夫，莫尔商斯克，加斯洛夫和塔姆包夫各地近乡一带富足的村庄里——农民们跑来加入安东诺夫的军队和他的阿达满中间，安东诺夫在森林里集合起他的队伍，他还把旧日的老朋友也都从村庄里叫到他的身边。

他又记起斯托罗折夫来了。他曾听见人们说有几个猎户在区里溜达的时候，听见狼的叫嗥却遇到人的足迹。他们找到了斯托罗折夫，把他带到村里交到衙门里去了。

---

[1] 阿达满，哥萨克军队的首领。——译者

自从那时候一直到春天，这中间的一段时光斯托罗折夫浪费在监狱的医院里。随后就在牢房里，他被审问过就释放了，没有控告他的直接的证据。他曾经很聪明地替安东诺夫策划事情。他很简单地说明了离家的原因，那是因为他害怕村里的共产党。

斯托罗折夫回到家里，安静而且柔顺，好像他永不会忘记了在森林里度过的几个夜晚，好像匆忙的日子早已过去，现在成了一个残废的人，他已经放弃一切了。

他变得更加跟社会不发生关系，更加消沉。他很少说话，也没有心思顾到庄园。

四月里，当安东诺夫的传言流行在村里，说他正带着兵去打布尔什维克的时候，斯托罗折夫只是笑一笑，什么也不说。约莫在那时候就常常有人出现在斯托罗折夫的后院里了。什么事情都在夜里举行，并且还极端地谨慎、秘密。坐了坐监狱，斯托罗折夫也到底学会一点什么了。

可是在五月间，有一天夜里阿德和安叫起彼得·伊凡诺维契来。

"有一个人骑着马从卡门加来，"他低声说，"他想见你，说是很紧急。他们要来糟蹋你了，那些坏蛋，他们一定要来糟蹋你，像命运一样的注定。他们现在在哪里——他们又出头了吗？"

"少说话吧。"彼得·伊凡诺维契小声说，溜下床去。普拉斯考维亚在睡梦里呻吟着，打着鼻鼾。彼得·伊凡诺维契拿被子替她盖了盖，披上几件衣服就出去了。

"喂，干吗的？"他暴躁地问那个骑马的人，"你骑着马来看我是什么意思呢？如果你给捉去了，那只不过丢掉一颗脑袋，可是如果我给捉去了呢——那就是一千颗哪。你这傻子！"

"没有别的法子，这是一封紧急的信。并且，我还是从他们房子后面绕过来的，没有一个人看见我。我从这儿来的，这地方我哪儿都熟悉。"

斯托罗折夫抬起头来更仔细地看了看骑马的人，他认出他是邻近田庄上的撒式加·加拉斯。

"怎么？你也随了安东诺夫了吗？"

"嗯，那儿的人可多着哪，彼得·伊凡诺维契就好像一窝蜂似的。"

斯托罗折夫走进廊子里去，点上灯笼，戴上眼镜，起始读那封信。那是托克玛考夫写来的，命令他把他所知道的最忠实可靠的人民组织起来，成立一个苦农联盟的秘密委员会。命令是封着的。

它指示这个委员会可以在下面设置武装势力，他们要把苏维埃势力丢弃了的村庄里可疑的分子扫除，只要有同情布尔什维克的嫌疑的人都应该枪毙。

托克玛考夫给了详细的指示，像电报的密码，秘密的记号，怎么传递信件，在什么地方开会。

"看起来好像我们已经开始了！回到托克玛考夫那儿去，撒沙，告诉他放心好了，那么走你的吧！"他看着加拉斯出去，回来合上大门，又回到房里去。

那是一个寂静温和的夜晚。远处在"混人的末路"那儿，一条狗吠起来，还可以远远地听见一辆车的辘辘声。斯托罗折夫回视着那片沉寂的世界，那些睡在月光底下的小板房子——于是他画个十字，上床去。他躺下去时，普拉斯考维亚醒了，就紧紧地靠到他的身边去。

斯托罗折夫不晓得他自己还可以像这样睡多久。他记起了那些麻烦的日子，会议，人民的试验，怀疑，踌躇和森林里的夜晚。

"如果上帝愿意什么事都可以做得出来。"他轻轻地说，用双手围抱住普拉斯考维亚。

安东诺夫要来的传言一天比一天真确了。在田野里工作的农夫常常遇到在帽子上戴一块绿布的骑马的人跑近来。这些生人解释着安东诺夫和土地的分配，讲着粮食和土地，要一点水喝就走了。

到处起火。地方上共产党员的仓廪跟住房都烧毁了，可是犯罪的人却永远找不到一个。一个跟一个地，年轻人都离开他们很好的庄园跑掉了。

穿着平常衣服的，不知姓名的人把共产党的党员或是村苏维埃分子领到田野里去，打他们个大半死。

安得勒·考屑尔，贫农中顶穷的一个，有一天跑来找彼得·伊凡诺维契。

"我刚刚从湖上捉鲤鱼回来——我顶喜欢一条好鲤鱼了，你晓得，我绕着房子后面走，那时候——你说我瞧见什么啦，我瞧见一个家伙往你的仓房里爬。他先四面看一遭，然后——他偷偷地往里钻——从一个什么窟窿里。横——一——横——心——等——着——死吧，那不是我们这样人，而是一个什么强盗呢！"

彼得·伊凡诺维契叫安得勒·考屑尔静下来，他甚至送他一只老公鸡当作礼物。他又嘱咐他不要把这件事传扬出去，因为你总不会晓得别人是怎么一个想法的。事后他用木板修补了仓房上的窟窿。

夏天过去，秋天来了。

在十一月底的时候，地方上的共产党在学堂里召集了一个大会，他们邀请贫农委员和刚从前线上回来的人们去参加。

李斯特拉特出席这个会。他五天之前刚刚回到村庄里来，并且在这儿停留下来了。撒沙·齐里金也出席了，他是楞迦的伴儿——一个勇敢的小伙子，一个拉手风琴和打架的好手。赶车人尼琪塔·西米扬诺维契跟他的儿子费得迦一同来，他的儿子是共产主义青年团的一个团员。

尼琪塔·西米扬诺维契曾加入过布尔什维克党，可是他并没有在那里面待得长久。他喝醉了酒闯了点子祸，于是就被开除了党籍。

然而他依然出席所有的会议，甚至党员的会他也出席，像往常一样，他还是许多会的会员。

共产党召集的大会里有许多别村的人来参加，有时他们从很远，从巴拉色夫段铁路以外的远处来。

安东诺夫的人屡次地破坏这一段的交通。他们攻击铁路的职工，抢劫开往莫斯科去的火车，在村庄里偷藏粮食。

在桑姆堡，他们久久地唱着安东诺夫队伍的歌子。

"我要替自己打个缘结，因为我的儿子是一个红党……"

共产党渐渐地失掉了德甫里基人们的欢心。现在顶好是不要提起粮食，或是平均土地的话来了。不然村里的人就会大笑起来，并且告诉你走开，甚至连你自己都想跑开三里，再也别在这儿露面了。

"你们听见过安东诺夫毫不打扰我们农民吗？"从前的村长赛利弗斯特·斐特罗夫跟尼琪塔·西米扬诺维契说，"他不像你们共产党，搜刮我们一切值钱的东西。安东诺夫已经开始恢复私人贸易了，可是你们共产党开始了些什么呢？"

所有这些谣言和谈话，使德甫里基的共产党当天夜晚在学堂里召开了一个会议。每个人报告了他所知道的和听见的，谁都清楚现在已经是他们得离开这个村庄，去接近红军主力的时候了。

有一个安全的地带，那就是塔姆包夫跟沙利特辛中间的铁路和沿路的车站。那儿安东诺夫的军力还没有达到。于是他们决意要离开德甫里基。撒沙·齐里金是唯一的反对者，他说那是一个耻辱，可是李斯特拉特马上打击了他的意见。

"现在，别再胡说乱道了。你这傻子，说我们没有胆量和一些别的话，党里说在某一些时候退却并不是耻辱。总之——我们要到车站去，不然这些强盗们就会杀掉我们，像宰母鸡一样。顶好是准备好了。如果有谁担心把老婆抛下，那就让他带她一同去。我们要组织共产党第一联队！"

于是当场选举出李斯特拉特做联队的队长，撒沙·齐里金做侦缉队的队长。将近天亮的时候散了会。红脸腔的小费得迦跟在他父亲后面走回家去，抱怨着："你这老疯鬼，你要把我抛下，自己跟他们去了！达达，我说，达达！让我去加入撒式加的侦缉队吧。"

"不要说吧，你这混蛋！"尼琪塔警告地呵斥着，"不然我就先把你侦缉了，揍死你！"

"可是，你瞧，万迦·福鲁式塔克年纪也并不大，他已经加入到撒式加的队里去了。"

"嘘，我不是告诉你吗？象鼻子！"

然而，当他们回到家里的时候，尼琪塔告诉他的老婆，说他跟费得迦要到车站去了。

第二天斯托罗折夫就一字一句地晓得了共产党会议里的一切：他的一个探子出席了。傍晚时候，一大队红骑兵开进村子里来。营养不足的马匹几乎不能从村路的泥泞里拔出蹄子来，疲倦的骑兵在鞍子上摇晃着。他们并没有替马匹卸下鞍子，却只给它们一点干草（因为村苏维埃里再也没有一粒燕麦）就散进房子里去了。联队的司令召集地方上的共产党。李斯特拉特去了。当他从司令那儿出来时，他全副武装：一件皮紧身，皮带上挂着一支手枪和两个手榴弹。带着踢马刺铿锒铿锒的声音，他到村苏维埃去。一点钟工夫，共产党都集合起来了。尼琪塔·西米扬诺维契赶来一辆配了两匹活跃的马的车子，在赶车人的座位上他缚了一杆红旗。一支机关枪从后面伸出头来。

天黑之前，李斯特拉特相伴着两个骑兵，去拜访斯托罗折夫。并没有跟主人招呼，只不过命令他们不要动，李斯特拉特起始搜检前房、卧室和厨房。后来他又跑下地窖，爬上房顶，甚至敲打着墙壁。

斯托罗折夫坐在那儿露着牙齿，满面笑容。"我奇怪，你怎么那么高兴？"李斯特拉特愤怒地问，一面扑打着身上的尘土和蛛丝。

"因为害怕你的坏脾气哪。"斯托罗折夫说。

"楞迦哪儿去啦？"

"有事情出去了，"彼得·伊凡诺维契笑了，"天刚亮他就到格里亚斯诺惹去了，他在那儿有一个情人。"

"我们后会有期呀，彼得·伊凡诺维契。"

"啊，对啦，一定，我们不会隔离很久的。那么，你有什么信儿要我带给你的弟弟吗?"

李斯特拉特走出去,砰地合上了门。

红骑兵队当天夜里就开走了。有些人家女人们哭泣着,她们的心告诉她们悲苦的日子就要来到了。

那天夜里楞迦从格里亚斯诺惹回来,第二天早上彼得·伊凡诺维契就离开这儿到卡门加找安东诺夫去了。

下着雪,刮着冷风,马在冻硬了的路上奔驰着。斯托罗折夫不说话,楞迦静静地跟在他后面。

斯托罗折夫在卡门加花费了两个星期的工夫。就是安东诺夫的条子对于司令部里的人们也很少发生效力。他们搜集着人,武装起他们来,替斯托罗折夫制作计划和地图,这中间宝贵的光阴溜掉了。斯托罗折夫离开了家和他的儿子考尔迦,他常常感到烦恼,没有因由地骂着楞迦。而楞迦并不注意他的咒骂,他被人群和声音吸引住了。

楞迦终日在大街上溜达,因为坐在家里就只为相思所苦。在到卡门加的路上,他在格里亚斯诺惹停下来,去看了看纳塔沙的父亲。

"什么时候结婚呀?"老头儿问。

"啊,这场倒霉的战争呀!"楞迦想,"什么事情都糟乱成这种样子,一个人怎么能够结婚呢。可是我一定得结婚,我已经等得快要急死了,而她也正是一样。"

十四

生人不断地到卡门加来——逃难的人，亡命的水手，还没有能够逃出俄罗斯去的大战时候的俘虏，和能够自给自足的农民的整个家族。他们都需要着一些什么，期待着一些什么，靠着一些什么过活，住在这儿或是那儿，这整个的一堆无知的、破烂的人群失掉他们生活的轨道，渐渐地组成了一团一团，一队一队，被派遣到森林村庄，和农堡里去。他们把红军零散的部队解除了武装，而在一个严重的攻击的最轻微的暗示之前就走散了，为了他们可以回到卡门加去，那儿生活是自由的，并且没有挂虑。

楞迦初次看见这么多人在村子里懒懒地游荡着，吹嘘着他们杀过多少人，打过一仗他们就可以获得多少战利品，或者只不过在混乱的掩护之下偷了多少东西。

但是不久，楞迦就闲得不耐烦。他感到厌倦，因为他没有什么事情可干。他就去帮着耶骚——他们住的房子的主人——看看牛，打扫院子，到田里去下肥料。耶骚已经在为春天做准备了。刚起初他怀疑楞迦，可是马上他晓得了他的好处，过后不久，当他跟这个小孩子熟悉了的时候，他就对他低声诉说在这种年头过日子的艰难。

"像这种样子，楞迦孩子，"他说，"我们永远想不到，连做梦也梦不到，卡门加变成一座京城了，上帝吹它到地狱里去！你会相信吗，他们把我的马一天按三次——真的，我倒省下计数了。刚才还是一匹栗色的母马，可是现在你瞧——她已经变成一匹灰色的阉马了。这简直是一个京城啦。不，楞迦，我的孩子——战争对于农民就是一场灾难。下种的时候就要来了，而只有主晓得我们种什么东西，耕什么地。呸！让小鬼全逮了他们去吧！"

耶骚·西米扬诺维契恶狠狠地吐一口唾沫，还低声地诅咒着。于是他紧一紧他那捆在破冬衣的腰上的棉布带子，把一袋糠扛在肩上，哼哼着走到场园上去了。

楞迦溜达到街上去，在那儿他总是看见一样的景象。马队跑来跑去，一团人过去。风摇着旗子，那上面写着："土地和自由，国民大会万岁。"一个粗鲁的拉手风琴的人用全力拉着他的乐器，一面唱道：

"走呀走呀，杜尼亚，

走呀走呀，杜尼亚，

走呀走呀，杜尼亚，到树林里去吧。

让我们摘呀，杜尼亚，

让我们摘呀，杜尼亚，

到树林里摘一颗牛蒡果吧。"

每天总是这一个调子。今天有一团人开出去，枪械和军火箱子辘辘地运走了。

已俘获的共产党从司令部里被带出来枪毙；押解的人们纷争着行刑后从囚犯身上剩下来的衣服跟靴子；死囚们胡乱地披着衣服，低声地交谈着，他们的脸色都是苍白的，他们的嘴唇肿胀着。

"啊哈，他们要去枪毙他们了。"紧站在楞迦后面的一个人说。

楞迦回头一看，一个高个儿穿着一件短的皮上衣，嘴上捆着一条红手帕，在那儿抽打着他的鞭子。

"这是今天拉出去的第三批了。昨天，他们说，他们抓住了两个飞行的人，从他们背上割出了星子来。安东诺夫说他们飞得快近星球了，所以就发给他们星子当作证明的答符号。"——那个家伙突然狂笑起来。"你是谁的人？"他问楞迦。

"我们从德甫里基来，离车站不远，我跟斯托折夫是一起的。"

"那么你还不是安东诺夫底下的喽？"

"不是。我们就要加入的。"

"呸！自从我们开仗以来，这已经是第二年了。"

"农民们喊叫着说他们没有马了。"

"顶多不过打一辈子吧。"

"还要打很久吗？"楞迦问。"你想战争会不会马上就完呢？"他立刻又想起纳塔沙来了。"她在家里一定很孤独吧，"他想，"她也许再也见不着我了，她坐在那儿哭了。咳，什么样的生活呀……"

高个儿十分专注地翘着鼻子。

"啊，鬼晓得这场战争会打多久。他们说要撑持到我们得到了——一个完全的胜利。"

"没有关系。司令告诉我们说哥萨克人已经迫近莫斯科了，共产党顶多只能支持一个月或是六个星期。"

"你从哪儿来的？"楞迦问。

"从桑姆堡附近的一个地方。古斯奈错夫是我们的司令。啊哈，他真是一个神圣的可怕的人物呢。"

"他喝酒吗？"

"他不喝吗？我想他是喝的。自然我们全都喝酒。这一块儿他们都酿月光酒——他们凭什么要把粮食省下来呢？只要红军一来就会全都抢走的。对了，我喝酒，还赌钱。司令们也是。安东诺夫他自己和他的玛路西亚也时常一瓶一瓶地喝呐——喝完了就光着屁股跳舞。"说到这儿，那个家伙又大笑起来。

他起始怂恿楞迦跟他一同到住在牧场上的，叫作卡特拉的寡妇那儿去。楞迦耐住烦心同意了，就跟在那个家伙后面。他们顺小路走经花园和干草垛——从那后面传出来谈话，笑，叹息，叫啸的隐秘的声音。走过打谷仓和既没遭了火灾也没被枪弹打毁的房舍。

年轻人小心地走到卡特拉的房前去。它离开别的房舍孤立着，像平地上打进了一个木桩。窗子里没有光亮，可是当他们走得顶近时，楞迦可以听见喝醉了酒的歌声、嘈闹和笑声。他走到窗子边去，找到一个窗帘没有合好的缝隙，他望进去。约莫有十个人——男的和女的——不成曲调地轮流着唱一个歌，每个人尽他或她可能的唱了出来。女人们坐在安东诺夫的腿上，那些人都酩酊大醉了。楞迦，自从他在卡门加住了两个星期以来，亲眼见了安东诺夫的一团人，并且认得了团里的几个中队长和分队长。他的同伴敲敲门。

房里的声音停了一会儿，于是大家又都嘈杂地唱起来了。

"谁呀？"一个女人的声音问。

"是你们自家人，卡特拉，让我们进去吧。"

楞迦快要踏进门限了，可是那个大个儿已经看见了一小队骑马的人急奔到房子这里来，于是他就偷偷地溜到院子里。骑马的人拉住马缰，围起房子来。几分钟之后，这些烂醉的懦汉被护送到卡门加去。楞迦远远地跟着他们。

当他们到达司令部的时候，押解的人下了马，有一个进房里去了。几分钟以后他又出来，后面跟着沙菲罗夫，他是从一个会议里被请出来的。会议已经开了五个钟头。沙菲罗夫没有戴帽子，一面走一面扣他短袄上的扣子，他在台阶的栏杆边停了下来。

"你们抓了些谁？"他问。

那个把他从会议里请出来的人报告了被捉的人们的名字。沙菲罗夫愤怒地嚼着他的胡须。

"这都是些什么玩意?"他向那些几乎站不稳脚步的人喊道,"你们都快要开出去打仗了,怎样还出去喝酒呢?"

"如果我们还有自由,那么我们就可以自由喝酒。"有一个打着嗝说。

"静着!"沙菲罗夫喊道,他大怒了。"不要说话,你这私生子! 每人挨二十五鞭子。我现在拢总地告诉你们一次——将来我再抓住谁去喝酒,我就毫不客气地毒打他一顿。那么,去吧!"他命令。

一大堆人聚拢来围住醉汉。有些人替受罪的人表同情,有的向沙菲罗夫喊着:"办得很对!""你一点也不错!"农人们站一会儿就走开了。

刑罚开始了。骑马的人从马上跳下来,毫不怜恤地鞭打着醉汉。挨打的人一面想回打他们;一面咆哮着,骂着沙菲罗夫。

"你等着吧,雅式迦。"一个队长喊着,他比别人醉得轻,"我们都记住你了,有一天你总会尝到我们皮带的滋味的!"

沙菲罗夫守着这种景象,又多看了几分钟之后,当他听够了嘈闹和诟骂的时候,他又回去开会了。

十五

　　安东诺夫早就希望塔姆包夫社会革命党秘密委员会派一个代表来。高尔斯基一个月前已经写信通知他说那个人就要来了，那个律师常常派人到安东诺夫这儿来。从中央部里他们带给他重要的文件，攻打叛军的红军司令们发出的命令。至于高尔斯基从什么地方弄来这些命令，那只有他一人知道。

　　从高尔斯基那里，安东诺夫知道有几个社会革命党的领袖失事被捕了。现在已经又派了一个人带着重要的通知来，他无时不在等待他。那天早晨，托克玛考夫来拜访安东诺夫，他显得又黄又瘦了。他的红胡须从皮肤里不和谐地翘出来。他害过一场病，现在刚刚好了起来。

　　"你为什么不高兴呢?"安东诺夫问，"什么事情使你不满意吗?"

　　"哎，亚历山大·斯台潘诺维契，我不晓得怎样跟你讲，你曾在我跟前赞美过斯托罗折夫。我跟他谈了谈——他倒是一个聪明的家伙，自然喽。可是只要问他为什么加入到你这里来。我可以告诉你为什么：因为他的主要意思是在弄回他自己的土地，其余的就什么事情都可以不管

59

了。事情就是这个样子的。"

托克玛考夫忧郁地向窗外望着。总是那一群永不正经干活的人在那儿闲荡着，狂笑着，嚼着葵花子，或是去做他们通常的马戏。

"事情就是这样的，老家伙，"他叹息着，"要抓住这一群流氓是很容易的——就像霎一霎眼一样容易。彼得·伊凡诺维契自然要靠住你喽，你是他最后的希望。不过彼得·伊凡诺维契是一个大人物吗？彼得·伊凡诺维契是一个政治家吗？'啊哈，'农民就要这么说了，'斯托罗折夫原来依靠了谁呐——安东诺夫呀，不是吗？'那么他就把我们，连同我们的党一起都葬送了。"

"嗯，我想，"安东诺夫阻住话头说，"自给自足的农民对于我们是顶合适的了。像他那样的一个农民——聪明而又强壮，整个的世界就担在他的肩上。让布尔什维克去依靠那些流氓和懒鬼吧。在现在这种情形下，破落的农民自然去支持布尔什维克去了，因为他是非常非常贪婪的，可是一旦他替他自己抓到了点子什么，他就再也不需要布尔什维克了。我晓得农民们：他们每人都有一个卑鄙下贱的小灵魂——这用不到隐瞒。在他们每个人的身子里坐着一个彼得·伊凡诺维契，照我的话去看吧。世界就是做成这种样子的，我的孩子。"

"是那样，可也并不完全是那样。我的脑袋要裂了。亚历山大，我心里发烧，我浑身发疼——简直受不住！你有什么新的消息吗？"

"我有报纸……读一读吧，那上面有关系着我们的事。"

托克玛考夫读着报纸逐条地看看当天的政治事件，知道了他周围正在进行着的事情，就为了那个原因，他生活得不怎么痛快。跟波兰中间的和平还没有确定，布尔什维克们已经占领了柏来考普，正要把仑格尔驱出克里米亚去。托克玛考夫深深地叹息着，可是他依旧丢不掉他那些不愉快的思想。也许他已经看出了战争的没有意义，然而无情的事理却拉住了他。只要他起始了一桩事，他就一定要把它做完。

"亚历山大，"他突然跟安东诺夫说，"你曾想过以后事情会变得怎样，并且我们要开到哪儿去吗，呃?"这是第一次托克玛考夫用了那么低沉、凄惨的语调跟安东诺夫谈话。

"怎么啦?"亚历山大·斯台潘诺维契站起来，"你怎么突然那么不高兴起来了呢?"

"啊，没有什么，"托克玛考夫回答说，"什么也没有，只是一些老想头。对啦，我曾告诉过你——红军也打波兰呢。好运气在他们那边。撤式迦，他们以后会解决我们的，你瞧着吧!"

有人敲门。普鲁日尼考夫进来，领着另外一个人——一个短小强壮的人，穿着一件好像是铁路职工穿的短上衣，是黄褐色的皮子做的。

"我叫菲尔索夫，"他说，一面招呼安东诺夫，"我是我们党中央委员会的特派代表。"他拿出一张公文来。别的人都围住他跟他握手。安东诺夫整一整外衣，又拢直床单。

"叫伊淘来，"他喊，轧地推开了门，"别人都请出去，你们懂得吧?"

伊淘走进来，急急忙忙地想嚼完一点什么。他们全部坐下。菲尔索夫拿出手帕来擦擦额头，对安东诺夫说:

"我被社会革命党中央委员会派来通知你下面的事:安东诺夫同志，我们指示你叛变的举动一定要清算了。我们要迁到省的北部去，在那儿做一点教育工作。如果你不服从，我们就要丢弃了你。"

安东诺夫的脸色变得像粉笔一样白了，他的颧骨比往常更尖锐地突出来。

"啊，你们这些坏蛋!"他喊道，"我晓得你们会丢弃我的。彼特加，格黎高里，叶哥尔加——你们为什么不作声呢? 我被人丢弃了! 丢弃了!"安东诺夫突然叹一口气。他颤抖着跌在桌子上，发着粗涩的声音。他的身体抽搐地扭歪着，他起始口吐白沫。他们都奔向他去。

"又犯了!"伊淘带着一副厌烦的姿势说。

"他怎么啦?"菲尔索夫低声问。

"他有痉挛病。"

一个钟头以后，安东诺夫又苏醒过来了。

"给我拿点儿月光酒来，"他咯咯地说，"明天召集一个联盟的大会。"

那天晚上，在司令部后面黝黯的屋中，在紧闭着的窗子里，安东诺夫、伊洵、玛路西亚和赫尔曼·郁森——那个年轻、漂亮并且富于感情的第一军的副司令——在那儿喝酒作乐。

安东诺夫从一个矮脚杯里大口地吞着酒，一点小菜也不要。他很沉静，他的笑声却很凶狠。他老是恫吓地说他要到一个什么地方去，捣碎一个什么人的脑袋。他呻吟着，磨着牙齿。有时候他拥抱玛路西亚，然而一会儿又恶狠狠地咒骂着把她推开了。而她却不离他的身边。于是他就照直地打在她的脸上。

"打我吧，打我吧，"她尖声叫着，拆散下她的头发，"打我吧，撒式迦，你还会这样地爱我的，因为你并没有别人。"

她大笑起来，直接从瓶子里喝着伏特加，咒骂着，嚷着。安东诺夫的没有刮胡须的脸现在变得铁青了，他不时地把他那双迟钝的眼睛固定在一点上，唱着他顶喜欢的歌。

"瓦尔河旁，瓦尔河旁，是我的家乡，
我的家乡烧成了一片荒场。"

那天夜里，伊洵已经睡熟了。安东诺夫，他已经完全精神失常了，跟赫尔曼和玛路西亚走下后面的台阶来。他们摇摇欲跌地走向仓房去，那儿有几个共产党的囚徒在等待着他们两天以后的命运。安东诺夫推开岗兵。赫尔曼喝的酒最多，可是并不太醉，走过去开了仓门，燃起挂在门楣上的灯笼里的蜡烛。

那儿有三个囚徒——两个男人和一个女孩——一个教员。他们蹲伏在一个角落里，互相依靠着，等待着死。

看见了囚徒们，安东诺夫没有瞄准就向角落里开了一枪。女孩子叫了一声。

"你不能打，"玛路西亚说，"让我来吧。"

摇摇晃晃地，她瞄准了。手枪没有放响。她又一次瞄准了。突然一个小黑矮子从角落里跳出来喊道："刽子手！杀人的东西！这儿，杀死我吧！"他一面撕开衬衣，露出胸膛来。

赫尔曼用一双颤动的手拉出他的手枪来，向着那发白的一片射了去。那个人跌倒了，慢慢地爬向角落里他的同伴们那儿去。

安东诺夫又向着那一堆活的，连连动颤，连连呻吟的黑东西开了一枪。于是突然一个人形从那里站起来，抓着木栅墙支持住自己，那个女孩子慢慢儿升起，站直到完全站直了。于是她转向她的刽子手去。灯光摇曳地照在她那浴着血的红光的脸上和沿着墙伸出去的手上。

玛路西亚狂叫了一声，丢下手枪就跑出去了。赫尔曼也退下来，他的脸弄得像一个狰狞的假面具了。而像在早晨一样，安东诺夫又粗涩地咯咯地响着，跌在地上，起始用两只手敲打着地板……

人们跑进仓房里来。

十六

在苦农联盟的委员会议席上，安东诺夫从自己的团里派了一个特务卫队保护着会场。有将近三十个人出席了，包括所有这次叛变里上层的干部，委员会的委员和各个联队里的指挥官。

安东诺夫的头上绷着绷带去了——他犯痉挛病的时候磕伤了自己的脑袋，他不敢抬头看托克玛考夫。他昨天就晓得那些事情了，现在他也还是毫不招呼安东诺夫，只是忧虑地坐在一个角落里，头俯在胳臂上，显然一点也不注意会序的进行。

斯托罗折夫也被请来了，他留心地看着从外区里来的农民代表的领袖们那股聚精会神的样子。安东诺夫称呼着他们的全名，把顶好的碟子移到他们面前去——桌子上摆着点心、羊肉、果酱肉和啤酒。衣装整齐的农民们动人地捋着胡须，倾听着演说，带着一种不得了的神气哼着鼻息。

"弟兄们，"伊洵起始感情激动地说，"和人民，这个人坐在这儿，"他指着菲尔索夫，那个家伙坐在那儿好像石头雕的一样，谁也不瞧——

"这个人被派来要我们放下军器，不要再叛变了。"

代表们兴奋地互相低声交谈着，还向菲尔索夫蹙起了眉头。

"我们打了这些个仗就是为了这——为了现在停下来。我们知道我们的中央委员会——哎，他们从前也曾抛弃过许多许多人。可是，他们不能像卖牲口似的出卖我们。他们会碰钉子的——他不只想出卖我们，而是出卖'农民'呢。"

"坏蛋们哪！"一个穿一件新布紧身的留胡须的农人喊道。

会场里骚动起来，他们全都站起来围住菲尔索夫。然而他却什么也不说，只坐在那儿带着一股嘲笑的神气，注视着这个混乱的场面。

托克玛考夫坐着，想着到哪儿去，去投奔谁，到哪儿去找寻真理。可是当他想到他要被解散的时候，他觉到他的脊梁打起抖来。不，他想活着——而活着就得斗争。

"坏蛋们哪！"还是那个穿布紧身留胡须的农民咆哮着，"他们把我们鼓动起来，现在却把我们丢了。亚历山大·斯台潘诺维契，我们还要跟住你！土地的分派完结了我们，他们的办法毁了我们。我们脊梁上没有一条裂缝，我们浑身都是虱子和创伤。你带领起队伍，我跳上我的马，我们去一直打到结尾。来，让我吻你一下吧。"

农民走上前去吻着安东诺夫。

"喂，你瞧见了吗？"安东诺夫的弟弟，季密特里，一个穿着外衣的满脸麻子的小伙子，对菲尔索夫说。

"你告诉他们你在这儿看见的。我说，哥哥，"他对安东诺夫喊着，"抓住他们的脖子把他们摔出去，"他指着菲尔索夫。"你饿得他们还不够吗，他们喝我们的血，喝得还不够长久吗？现在让我们自己走我们自己的吧，那一定更有趣呢。哪怕抢呢，我们也干，喂，就让我们去抢……"

来了一阵突然的寂静，代表们开心地抽搐着他们的鼻子。安东诺夫向他的弟弟蹙着眉头。托克玛考夫在他的耳边叱骂着一些什么。

于是一个农人转向托克玛考夫说："季密特里想要抢谁呢——我不十分明白？"

代表们嘟噜着，他们聚在一起低声耳语着。季密特里觉到自己已经插进脚去了，就坐了下来。菲尔索夫笑着。托克玛考夫又在安东诺夫耳边愤怒地叱骂着一些什么。安东诺夫站起来走向他弟弟去，从后边抓住他的脖子把他推出房外去了。

"他傻头傻脑的，"他不高兴地看着农人说，"他还年轻呢，我希望你们会原谅他。现在我们要用一条绳子把我们缚在一块，同生同死，我们要一同出去拼命。嘿，你，"说到这里他转向菲尔索夫去，"去告诉你们中央委员会的那些老先生们，说我并不怪他们。我要叛变到我最后的一滴血。我打，烧，用鞭子抽，可是我不肯甘休！我还要捣毁市镇呐。"

"傻蛋！"菲尔索夫侮蔑地斥责说，"你不明白现在的局势，你这大兵，你这死晕头！还是服从了吧，还来得及——不然他们就会打败了你，把你干掉。"

"他们打不败我！"安东诺夫咆哮着，"我已经有两军人，并且只要我翘翘指头就可以有第三军。我要让整个的俄罗斯浴着血水，我要把布尔塞维克一个个淹死在血水里。你们那些老先生们也跟他们一样，那些坏蛋，那些奸贼！把他们自己卖给苏维埃，他们不是这样吗？一点羞耻心也不知道？不要紧，农民们，让我们去打，永不甘休！"

可是那些愁苦的代表们并没有回应。他们起始溜出房去，不说一句告别的话。菲尔索夫愉快地笑着，擦着脸上的汗水，红了脸愤怒着。伊洵走向他去，抓住他紧身的领子摇震他，像摇一只小狗。

"已经够啦，别笑啦，你这狗他妈的儿子！"于是他用了全力把菲尔索夫摔到墙角里就走了。

十七

　　那天晚上斯托罗折夫吩咐备好鞍马。楞迦早就想念着家和纳塔沙了，他喜滋滋地奔向马厩去。回家的路穿经格里亚斯诺惹。

　　他人动身时天已经大黑了，旷野里空气是剧烈的。起了一阵风，吹成了许多雪的障垒。那是一个多雪的十二月，一个新的年头——一九二一——的前夜。

第二部
溃散

一

　　一个正月里的晚上，德甫里基的农民们聚在安得勒·安得勒哀维
契·考屑尔的家里，预备听刚从红军里回来的伊凡·英高鲁考夫要说
的话。

　　他们在黑暗里坐着。安得勒躺在火炉的横架上，身旁躺着他的儿子
雅式迦，和三岁大的玛沙。安得勒到现在已经做了三年光棍了。这间小
房子已经歪斜，他靠着几个用木板钉死了的窗子望着外面的世界。在冬
天的时候，房子的角落里都冻了冰，许多饥饿的大老鼠每天夜里在火炉
底下打架。

　　安得勒正在想着尼琪塔·西米扬诺维契要往车站去时留给他的一匹
马。考屑尔照料它比从前照料他生病的老婆还要留心。他在村庄里跑上
跑下，从邻居们那儿讨一捧或是一磅燕麦。他有一个橇车，又用绳子编
了一副马具，他甚至在工作时也唱起歌来了，那是考屑尔从前从没干过
的玩意儿。穷困在他的一生里已经把他磨碎了，而穷困是不会唱什么歌
子的。

农民们坐在那儿吸烟，他们蓝色的烟圈飘在天花板上，玛沙在睡梦里咳嗽起来。外边正在猛烈地下着一场大雪，那是一个经常有狂风大雪的寒冷的正月。

"喂，万尼亚，古老的俄罗斯到底怎么样了?"神父斯台潘问，他极力耐住焦躁到考屑尔这儿的一群人里来，他很好奇地想听一听世界上正有着一些什么样的事情。

躲在黑暗里，伊凡从口里拿下烟卷来吐了一口唾沫。

"生活是一天天腐烂了，神父! 就要破坏，毁灭! 俄罗斯已经不能再弱下去了。我想在我们家里一定很够吃的吧——反正这是塔姆包夫省，出裸麦的地方哩。"

"从前的确是出裸麦的地方，可是现在什么都完了。"一个人叹息着。

"我真不晓得，"伊凡继续说，"我们到底要干些什么? 我们打了这么些年的仗，现在弄成这种样子。"

"关于叛变的最后的消息是怎么样的?"从角落里出来一个声音。

"哎，我们在回家的路上听见说这儿那儿还时常起骚动，总没有安宁。"

"你说的对喽! 这样看起来，斯托罗折夫说我们也并不是唯一的力量，他并没有撒谎——到处都有人起来了。"

他们都叹气。停了一会儿，寂静里，蟑螂们在火炉后面塞窣着。

"听着，老家伙!"一个人说，"布尔塞维克为什么让军队回家呢? 如果他们解散了军队，把孩子们都打发回家来，那么看起来安东诺夫并没有多大的动作，他们也许不费事地就可以把他收拾了。"

"军队，当然喽!"伊凡微笑着，"得饿一饿肥了，不是吗，你这浑头? 呃，那就是为什么叫他们回家的原因。他们在队伍里又有什么事情可以做呢?"

又静下来。谁都不敢说出自己心里的想法，只有鬼晓得在他们周围正耍着一些什么把戏!

只有从前玛特伟·别斯丕斯托夫,他的儿子密特里曾加入了红军的,曾对农民们讲道:"有一个传言说苏维埃马上就要取消粮税了。"

第二天就有两个骑马的人把他抓到格里亚斯诺惹去,斯托罗折夫住在那里。那老家伙挨了好一鞭子,打得他直到现在还俯躺着,不能动转。那就是随便说话的结果!

什么地方一根烟头子在黑暗里发起亮来,另一个熄灭了。突然一阵马蹄的敲击声冲破了寂静。接着窗子上来了一阵蛮横的敲打。

"所有的农民都要到学堂里去开会。"一个高声粗暴地喊了出来。

"彼得·伊凡诺维契一定来了。让我们去听听他要说些什么。"

人们离开了房子。安得勒用一片破布袋盖着孩子。之后,他又回来看了看那匹马,抚摩着它那温暖的鼻口,这才跟着别人的足迹到学堂里去了。他很焦急,他的将来显得朦胧而且黯淡。

农民们都按时到会。有将近五十个人在小桌子旁边坐下来,在他们中间进行着一个活跃的谈话,当伊洵和斯托罗折夫进来时就停止了。

"喂,怎么样啦?"伊洵喜滋滋地问着,他跟别人要了一支烟,"红军来过吗?"

"有一天他们来了好几回,"从后面的几行里传出来勉强的回答,"他们从磨坊里拿走面粉,拿面粉来换马匹。"

"他们都是本地人,"一个黑色的年轻农人增添说,"李斯特拉特来了,还有费得迦和万奴式迦·福鲁式塔克——他们一块差不多十个人。"

"他们马上就要把你们切成肉丝的,"伊洵继续说,"那一点也不能避免,你们得要组织起来,遇到了上帝你们也是这样。你们不能脱离开我们。"他大笑起来,"我们会替你们煮吃呢。"

"顶好是现在就煮熟了,"还是那个年轻的小伙子愉快地回驳说,"可是鬼晓得我们怎样才能够组织起来!"

"啊,你不晓得怎么样吗?好吧,那么,我来告诉你。布尔塞维克们有他们自己的组织，而我们也要有我们的——一个农民的组织，一个农民的同盟。在俄罗斯农民占最大多数，所以如果我们全都团结起来，世界上没有力量可以破坏我们。"

"农民有各式各样的农民，"一个穿破棉袄的人说，"一种农民就像我这样。你瞧，另一种就像彼得·伊凡诺维契。我所有的牲畜就是场圈上的那匹癞皮狗，可是彼得·伊凡诺维契却有一整群的牛羊哩。"

"工作——像我从前那样，那么你也就可以有一群牲畜了，"斯托罗折夫插进来说，"你只想着在家里躺一辈子哩。"

"啊，我们知道谁替你工作呀！"别人反驳着。

"谁？"

"呃，就是那些孩子们……"

"说出来呀，那么！"

"够啦，够啦，现在，"伊洵说，"你们吵些什么呢？彼得·伊凡诺维契遭了共产党的殃，而你们看起来也不像是靠着他们发了财吧。"他对那个穿破棉袄的人说。

"那一点儿也不错！不过到底——只有鬼晓得你们要干些什么。每天有人来，而每个人总有他自己的一套故事。我们可就遭了殃了。"

别的农民们都赞同地喷着鼻气。

教室里人满了。蓝色的烟圈子厚厚地结集在天花板上。房子里很暖，人们的脸上都闪着汗水的光亮。

楞迦点上煤油灯，把桌椅移到房子的中间去。

"现在，老伙计们，"斯托罗折夫说，"这儿是叶哥尔·伊凡诺维契·伊洵——他是安东诺夫亲自特别派来的。他想跟你们谈谈。"

"听着这儿，叶哥尔·伊凡诺维契，"一个黑胡须的农民说，"你不要再花费时间跟我们讲共产党了，我们自己都知道。你顶好是告诉我们你们的意思是什么，你们都是些什么样的人，你们从哪儿来，并且你们要实行一些什么样的规则和章程。"

"西芒说得很对。共产党的事我们都知道。"

"告诉我们，"黑胡须的人继续说，"你们要给我们一个什么样的政府，并且你们怎样处理土地。不然，我们也许就不想跟你们谈话了。"

伊洵坐在那儿微笑着，一面静听着农人们讲话，他还用他的皮鞭子抽打着他那双顶好的长筒靴的靴筒。他强壮的身躯和整个的外表——那是一个轻浮粗疏的小丑，一个曾跟社会革命党混在一起过的村庄里开小铺的人的一副外表——热切地向这一村自给自足的农民们求助。安东诺夫选他出来做顶艰难的工作是非常合适的，他很放心地相信着叶哥尔不会替他把事情弄糟。

什么地方他都有许多朋友，而他们中有许多人不知道这个红脸膛的大个儿到底是个做什么的。

他从高尔斯基那儿收到整一火车的军械，送走一车一车的制服到塔姆包夫去——而从没有一次被人捉住。伊洵整个的生活里都是幸运的，他笑着度过一生，在每一个村子里他留下一个寡妇，在每一个农庄上他有一个谁也找寻不着的隐身处。

战争以前伊洵在村里开过一个小铺。他被社会革命党委会命令着这么做。这个小铺并不是为了赚利钱而设的。事实上，他什么地方都可以弄到钱。可是伊洵并不苛待他的债户：他们以后总会交过现钱来的，他想。并且的的确确他们以后就总会交过现钱来。

谁能够去苛待一个向你伸出手来求告的人呢？啊，伊洵很晓得怎样去抓住农民的心。现在，当他坐在人们前面的时候，他觉察出他们从他身上期待着一些什么。农民们心里惦念着的是多么沉重的债务和多么黯淡的前途呀！他们不需要一个人给他们读一篇报告，却要一个说故事的人来清走了他们那些悲惨的想头，那些掂量和那些欠债。

"喂，我并不是来跟你们讲演的。最先，亚历山大·斯台潘诺维契·安东诺夫派我向你们大家致他最大的敬意。"

伊洵向大家深深地鞠一个躬，人们保持着一个严肃的静默。

"第二件事情我想跟你们谈谈的，农民们，就是我曾做过的一个梦。那已经很久了，可是现在我刚巧想了起来。坐近一点，我不能大声说话，冷气会冲进我的喉咙。"

人们紧围住叶哥尔，每个人在自己心里想着："这倒还像一个正经家伙。"

"呃，我做过一个梦，那个梦好像一个预言。我被人从空中带到世界的尽头，远在海洋的外面。我顺着一条路走去，路的两边都是谷地，比人还高的谷子——在早晨的时候窸窣着，波动着，穗子都有一磅重。那真是一个丰厚的收成，我自己这么想。并且我还可以看见人们穿着干净的城里式样的衣服在田里工作。我走过去跟一位像绅士似的坐在树底下，用一把伞遮着阳光，在那儿乘凉的老人说话。

"'你是一个什么样的人？'我问他，'这块地是属于哪家绅士的呢？'

"'这里哪儿有什么绅士呢，你这浑小子，'他说，'所有的土地全都属于我们农民。'

"我再往前走，到了一个市镇。我看见人们在街上走来走去，小孩们玩耍着，草都是青青的。

"'这是一种什么样的城市呢？'我问，'这一定是你们的京城吧？'

"'咳，你这傻子，'一个女人跟我说（她穿着一身的丝绸——并且还有着挺好的胖孩子跟她一块），'你看不出来这是贫穷的村庄里顶穷的一个吗？'

"'那么你是谁？'我问她，'你是哪一位绅士的太太呢？'

"'怎么，你一定是疯了。'女人说，'我是女人里顶俭朴顶粗陋的了。我的丈夫出去到田里割谷去了，我正要一个人散散步呢。'

"'这怎么能行呢？'我问——'如果你除了散步什么事也不做，谁替你的丈夫煮菜汤？你这傻子，谁替他洗裤子，擦地板，掘开花园呢？'

"她瞪着眼睛瞧着我，就大笑起来了。

"'啊，你是个多大的傻瓜呀，'她说，'你从什么样的国家里来的？

在我们这个农民的国家里，女人们的生活简直像乐园一样。现在——如果你能够明白这种情形——学者们都竭尽了他们的脑力去想一个可以不用女人生小孩子的方法。他们想在特别温暖的仓房里生育小孩，像孵小鸡似的。'"

农民们笑着骚动起来。

"你想那有多么好？生小孩子对于她真是太苦了！"

"那才是生活哩，孩子们。"

"听起来更像是天上的王国呢。"

"好啦，那么。"伊淘继续说，一点轻微的笑容挂在他的嘴角上。

"我在那个村里看见的牛马——咳，我们的马跟它们放在一块就像羊一样，上帝相信我是说实话。他们的羊有一码长的毛——拖在地上。我到了他们的京城里——喂，我简直不能形容给你们听，那是太美了！我去见他们的统治者。我走进去，那儿坐着一个红头发的农民，在摸着他的胡须。

"'你是这儿的统治者吗？'我问他。

"'对了，'他说，'我被派到这儿来做统治者已经五年了。不过，'他说，'我一点也不满意，当一个统治者，那就是说，我在田里收获到更多的粮食，而同时我的工作也并不比较轻松哩。'"

听众们都畅快地笑起来了。只有伊淘和斯托罗折夫不笑。当大家重新安静下来的时候，伊淘又继续下去。

"那么，我就问那个农民，让他告诉我他们怎样想法替自己把生活安排成那种样子。"他说。

"'那么，'他告诉我说，'我们第一先推倒沙皇。以后我们中间起了纷争，有些人想这么做，有些人想那么做，再一些人有另外一种做法。当我们正在互相打骂的时候，不听那些聪明人的话——安那其主义者来了。他在前额上有一颗红星，还穿着一件皮紧身。'"

一阵笑声的波涛流过了教室里人们的行列，然而这一次的笑声并不是那么畅快的了。

"'于是安那其就统治我们，吸我们的血液，农民们怒吼起来。后来来了一个特别能干的好家伙告诉我们制服安那其的方法。于是我们就全部都起来把他赶走了。当这件事做完了的时候，我们的长辈们召集了一个议会商讨此后我们的做法。我们决定要把所有的土地归还给农民，于是我们平均地分配了土地。如果有谁想要比他自己的一份更多的土地的话，他要纳税。并且如果有谁想要雇工人做工的话，他还要纳税。这就是我们怎样地获得了一个好的生活。现在，'他说，'农民中顶穷的人都有肉片可吃，有顶好的面包可嚼，有茶来消遣自己了。来，'他说，'我要请你吃一点我们农民吃的菜汤。'

"我走到宫殿里面去，那儿的桌子几乎要被各式各样的吃食压坏了。我觉得那么饿，我就走到桌旁去，倒出一杯酒来送到嘴边——于是就醒了……"

笑声又响动起来，农民们变得活跃了：

"那是一个梦呢！"——一个人在后面高声说。

"永不会真有像那样的生活！"

"除却在梦里，别地方你再也不会看见！"

"等一会，孩子们，我还没有说完我的话呐。我醒来以后，把我的梦告诉了安东诺夫。'那就是我们想要得到的生活呀。'他说。于是安东诺夫给我瞧一本书，那里面说农民们的的确确可以得到那种生活，如果他们想要得到的话。"

"谁不想要得到呢？"几个声音一齐叫出来。

"那完全是胡说八道。"

"不，孩子们，那不是。如果我们自己起来安排我们自己的生活，那么没有人能够替我们做主。共产党并不算什么一回事。来加入到我们的叛变里来，拿起你们的来复枪吧！"

热得流着汗水，伊洵坐下来，用手擦他的脸。农民们，在几分钟之前还是那么友谊地畅快地笑着的，现在却怒视着他，不跟他谈话了。彼得·伊凡诺维契跟他们求告无效，伊洵给他们讲话还是无效。谁也不问一个问题，可是谁也不回家。最后，当斯托罗折夫一点办法都想不出来的时候，那个穿破衣服的人站了起来。

"对于这种事情，我们不能立刻就拿定主意，"他说，"照我想，孩子们，我们得等以后再说，得想过一遍。我的意见对吧，孩子们?"

"是的，你的意见很对。我们就得那么做。"听众们鼓噪着。

"让安东诺夫自己来吧，"一个人喊道，"我们想跟他谈谈。"

人们都站起来溜走了。

那是一个下霜的多星的夜晚。斯托罗折夫走回家去，抑郁而且焦心。农人的倔强吓住了他，使他受到很大的刺激。

"喂，现在我们怎么办呢?"他问伊洵。

"要给他们瞧点厉害，彼得·伊凡诺维契! 农民的脊梁是挺结实的。他从早就挨鞭子，并且如果你鞭打他，你不会把他打伤的。"

他畅快地大笑起来。

第二天早晨斯托罗折夫依然生气，他命令他的人去"抢掠"这一村庄。马队散到农舍里去，从那儿立刻回响着女人尖声的喊叫，母鸡的咯咯声，鹅的呱呱声，和羊的咩咩声。

当斯托罗折夫离开这儿到格里亚斯诺惹去的时候，他带走了那个穿破棉袄的人和玛特伟·别斯丕斯托夫。

第二天那两个人被送回家里来了。他们什么也不说，只闭了眼睛躺着。别人替他们解开衣服，才看见他们脊梁的皮上挂起了紫色的条纹，从伤口里往外渗着血水。那个把这两个半死的人送回家来的农人，还从斯托罗折夫那里带了一个口信。

"彼得·伊凡诺维契告诉我说，他要毫不怜恤地鞭打你们，直到你们随了安东诺夫。"

雨天以后，斯托罗折夫的马队又来了。这次他们又带走了两个学堂里的更夫福鲁式塔克——他的儿子加入了红军——和那个喜欢说话的黑胡须的农人。这两个被送回家里来像那两个一样——鞭打得简直不省人事。

农民们屈服了。他们派代表去见斯托罗折夫。那几个老年人到得那里时，他正在吃午饭。他打了代表一顿，把他们赶出去，可是那几个老年人重又转回来，恳求斯托罗折夫饶了这一村的人。

又一次人们去出席大会，又一次伊洵跟他们讲话。

"喂，现在，你们怎么样了？"他起始向这一群粗鲁的人说，"很明显地，你们觉得两条火线没有一条好走的。你们两条路都觉得不好，不是吗？那么你们就等着，看红军来了的时候，他们怎么个办法。那可就完全不像现在这样子了。他们绝不管你们是不是要住在这儿，你们自己高兴还是不高兴。他们的话是顶简短顶好听了：有十个枪毙一个！"

伊洵跟他们讲红军的残暴。农民们苍白了脸色，喘息着。

"那一些我们全都明白，"当伊洵说完时，庄严的赛里弗斯特·彼得罗维契声明说，"那已经完全跟我们讲明白了，谢谢上帝。只要告诉我们，我亲爱的孩子，我们从你们那安东诺夫那儿可以得到什么好处呢？追根究底，我们就只供给他的军队，供给我们人、马和粮食吗？"

"喂，什么好处吗？"伊洵笑着说，"我们可以跟你们开一个谈判会。"

"那还不错，"那个挨过斯托罗折夫鞭子的黑胡须的农人说，他现在坐在最前排，"不然就只有空谈和恫吓——那就是一切。我们不管有个什么样的政府，只要它别来管我们，让我们像往常一样地生活下去。"

"对喽！——他说得非常对，"一个人在远处的角落里喊道，"我们不管有个什么样的政府，只要我们能够活着满足自己就得啦。"

伊洵只微微一提安东诺夫的需要，却冗长地谈着现在被共产党占据了的火车站，那儿集蓄着许多货物。

"我们得抓住车站，"他咆哮着，"你们可以想到的东西那儿都有——靴子啦，衣服啦，还有一切别的东西。可是没有你们我们不能占领车站。说起来，你们这个村庄是一个关键呢。"

提到货物，听众们都快活起来了。

"我们不需要你们任何的东西。"伊淘委曲婉转地说，"我们干军队不是干了一年啦，加入了我们的农民并没有什么负担的。"

赛里弗斯特·彼特罗维契又站起来。"事情是这样的，彼得·伊凡诺维契，很明显的我们必须靠这一边或是那一边。我们不想加入红军。村子里的决议是：请斯托罗折夫去劝说安东诺夫自己来一趟。我们想自己跟他谈一谈，因为你们都是他的部下。那时候就行了，我们就要宣告我们自己是随合你们还是反对你们。"

伊淘做一个失望的手势。斯托罗折夫狠狠地咒骂着，可是也没有别的办法。德甫里基扼住了通到东南铁路去的道路。斯托罗折夫的军队只得停下来，斯托罗折夫自己跑去劝说安东诺夫去了。

二

两天以后，安东诺夫自己到村子里来了。他那匹灰色的斑马在他的坐下跳蹦着鞍子，天鹅绒的马衣，还有所有马身上的装饰都闪耀着镶银的光辉。他那条顶好的马裤——红的，两边有着金色的条纹——裹在高筒靴里。他那羔子皮的帽子斜挂在后脑勺上。

对于这个拿倔强激怒了他的村庄，他带来了他最精粹的军力，他的卫队和他全体的随从——给农人们一个下马威。

老老少少全跑到街上来，老实的农民从窗户里瞅着军队过去。天气挺暖和，偶尔还有一两片雪花懒懒地飘下来。

安东诺夫跟他的随从在赛里弗斯特·彼特罗维契家里住了下来。余下的人在别的人家里住下。他们不要他们主人的干草，每个马队都有他的一份葛草。这件事给农人们一个特别好的印象。吃过午饭，安东诺夫出去到村子里溜了一圈，不时地叫住人们，跟他们很和蔼地说话。

傍晚时候，农人们看见了一桩可怕的事。安东诺夫很久就想抓住考尔迦·巴斯图赫，一支叛变的队伍的首领。最初考尔迦接受了安东诺夫的权威，服从了他的旗号。后来他又叛变了，对安东诺夫不恭敬地讲话，不尊重总部的命令，拒绝缴出枪械，并且到处抢劫和暴行。

最后，用了好好坏坏的各种手段，安东诺夫把考尔迦引诱到德甫里基来了。现在他喝得酩酊大醉，捆绑着躺在赛里弗斯特的仓房里。

将近傍晚的时候，安东诺夫下命令要把他当着农人的面前枪毙。那是托克玛考夫的主意。伊洵愤怒地反对，可是安东诺夫却喊着同意，于是考尔迦的命运就确定了。

巴斯图赫不晓得他是到哪儿去。他正在叫嚣着一个下流的歌手，一面走，一面呕吐。他们把他靠在礼拜堂的墙上给枪毙了。安东诺夫自己执行了命令。巴斯图赫糊里糊涂地被杀死了。当安东诺夫把手枪插回皮套里去时，他回过身来朝着站在近旁的农民的群众。

"你们都看见了我怎样亲手杀死一个坏蛋，一个虐待农人的家伙，"他说，"无论谁，只要他向红军出卖了我们，我就要这样地把他杀死。"

吓坏了的农民们做出一种愿意随合他的表示，可是也并没有忘记了跟他磋商条件。

代言人赛里弗斯特·彼特罗维契要求把邻近的村庄都拉进叛变的队伍里来，不要用斯托罗折夫的队伍去拉，而是用村上的兵队自愿去拉。要允许他们可以在附近的村庄里交换马匹，不要有抢掠或是暴虐的举动，从前属于共产党的地产要交回到村公社里去重行分配。村公社又要求如果抓到了车站，那儿货物的一半一定要分给这一村庄。

安东诺夫带着一股了不起的神气答应了这些条件。于是农人们五十个人组成了一队，全副武装起来。他们甚至还有好几架机关枪。

那天夜里安东诺夫走了。斯托罗折夫在他自己的家里过夜，这是第一次他在家里停留这么长的时间。

月亮高高地在村庄上面驶过，大颗的冬天的星星出现在天上，霜气越来越凛冽了。狗向着稀少的行人狂吠。在司令部里，值班的人们脑袋俯在桌子上打瞌睡。围着村庄，武装的哨兵溜达着。在远处的大路上有骑马的在巡逻。清理枪械的房子里点着灯火，还有鞍子、鞭子和马勒也都预备好在那儿了。这个加入了叛变的村庄通夜没有睡觉。

三

村子里起始了一种新的生活。出现在街道上，白天黑夜都是静悄悄的。夜晚时候再也没有男孩子跟女孩子散步唱歌了，苏维埃外面的木料上再也看不见村里人在那儿闲谈了。

女人们在井边遇见的时候，她们就凑在一块低声谈几句，叹息着，于是又回家去了。那是一个忧虑焦急的时候。

苦农联盟村委会日夜地开着会。主席就是花白胡须的赛里弗斯特。他的表弟伊凡·西芒诺维契，那个在浸信会的铁匠，负责军需。神父的儿子亚历山大计算着每个会议的时间。还有赛里弗斯特的儿子，黄胡须的伊利亚——一个从前未经受职的官吏——是当地民团的首脑。

只有受过特别选拔的人，才许加入到民团里来。那里有自主的农民瓦西利·伊凡诺维契·莫兰昌诺夫的两个儿子，另一个农民赛尔给伊·瓦西利哀维契·查阁罗得尼的三个儿子，刚从军队里回来不久的伊凡·屠各鲁考夫——一个拿来复枪就像铁匠拿锤子一样顺手的人——还有另外的五个。

不管叶哥尔·伊洵怎样滑顺地谈着一个安适的生活，然而实际的生活却变得迥乎不同了。一个人必须给军队接连不断地供给肉或是干草，或是替民团备办伙食，或是借给他们大车和马。赛里弗斯特经常地终日忙着——整个的委员会工作放在他身上。磨坊跟油坊又都工作起来了，它们的主有者依照委员会允许的比例数留下粮食当作报酬。全村里都谈论着这个新的计算法。邻村的磨主瓦西利·瓦西利哀维契想收百分之十。

"现在我们不是在苏维埃政府的治下了，"磨主说，"这是我的磨坊，我想收多少就收多少。"

"你不害怕上帝会惩罚你吗，瓦西利·瓦西利哀维契?"农人们劝告他，"咳，就是在打仗以前，你也从没收那么许多的。"

"呵，可是当苏维埃在这儿的时候，我却收得很少哩！现在行啦，我们这玩笑已经开得够长啦。如果你们不想出那么许多，你们尽可以到三十微斯特以外的磨坊去。"

公社向村委会诉苦。

赛里弗斯特把磨工找来。

"你简直是一个强盗。关于你我听见了一些什么话呀?"主席严厉地问道。

"闭住你的嘴巴，灰胡须，"瓦西利咆哮着，"你自己也有一个碾啦，不是吗? 他们碾黍子的时候你留他们多少呢? 我打赌，不要骗你自己吧。"

赛里弗斯特做一个张狂的姿势，好像说："我怎么办呢? ——磨主不能不当呀，去尽量地收取人民吧。"

于是长辈们去找斯托罗折夫。彼得·伊凡诺维契找来了赛里弗斯特和磨主。"你们只能收百分之五，"他说，"不然我就把你们报告给安东诺夫。"

瓦西利怒视着斯托罗折夫说他要关掉他的磨坊。

斯托罗折夫捏响着指节，这样绝对不行。如果磨坊关了门，他们怎么能够替军队找给养呢？

他花费了一个钟头跟周围的人们谈着，终于使得他们不好意思，才答应了抽百分之六点五。

委员会想宣布每个人都可以经营私人买卖，可是村里人只是笑着。让我们做什么买卖呢？牛奶吗，还是什么？学堂散了。赛里弗斯特召集农民开一个会，告诉他们学堂得要开办。

人们哼着鼻息，什么也不说，吸一会儿烟就回家去了。

赛里弗斯特自己也觉得没有多大意思。小孩子们应该怎么教导呢？他们到哪儿去请教员呢？读经的问题又会争执起来，而从安东诺夫那里又没有收到过关于神的命。

然而委员会到底也还有许多工作可做。"密尔"（或是村会议）退给斯台潘神父三十个迭斯亚丁的礼拜堂的地产，教会执事和司祭的地产也都领回去了。真的，对于这件事情"密尔"狠狠地诅咒着，可是赛里弗斯特提醒他们，彼得·伊凡诺维契是斯台潘神父的一个亲密的朋友，于是老人们就不再说话了。很明显地，农人们已经学会了小心留神。

赛里弗斯特十分痛苦地用尽种种方法清理这一村庄。一天晚上，赛里弗斯特和两个农民去拜访那到远方的车站去加入了共产党的尼琪塔·西米扬诺维契的老婆，他们命令丕拉捷亚第二天离开这儿到车站去找她的丈夫。他们恫吓她说，如果她不照办，他们就把房子给推倒。丕拉捷亚哭泣着乞求他们收回成命，不然这田庄就没有人照管了，牛羊鸡鹅也是一样。人们毫不搭理她的恳求就走了。丕拉捷亚把家里顶值钱的东西打成一个包裹——衣服和麻布——就走了。当她走近坟场的时候，一个民团叫她停住，拿走了她的包裹，退还给她两件衣服，就头也没回地命令她走开。

用了同样的办法，委员会把玛特伟·别斯丕斯托夫和别的曾跟共产党有过友谊关系的人都清出了德甫里基去。赛里弗斯特把被逐人们的家产送到地方军部里，同时他也没有忘了他自己，不过他只留下他在红军的时候丢失了的东西。

一整天你可以看见哨兵的影子，在钟楼上来回地踱着。到夜里哪儿都安置一个岗位。只要瞧见一队红军的影子，磨坊里就都停下来。从离格里亚斯诺惹顶近的村庄的尽头，一个骑马的人鞭打着他的马跑来了，急急忙忙地带来消息说红军就要来了。民团藏起他们的枪械和鞍子，像和平的公民一样躲到家里去。军队开到时，什么都是寂静而且和平。于是农民们就会诅咒说他们很久没有看见匪军了，简直就连像"委员"那么个玩意都没有听见过。

红军司令深深地叹息着：每所房子里都会藏着一个敌人，每个仓房后面都会埋伏着一支伏兵。

彼得·托克玛考夫骑着马在塔姆包夫省各处的村庄里走，散发着"真理报"，还谈着"共产党分裂"。他发明了许多故事——比从前的更其可怕了，预言着布尔塞维克跟欧洲中间的新战争，预言着新的税则。农人们到卡门加去找安东诺夫，他们乞求他的救济，相信着他一定可以消灭共产党……

有更多的村镇跟小庄子武装起来了，叛变的烈焰弥漫了塔姆包夫省。

四

安东诺夫军队的数目一天一天加多了。如果没有别的话,他倒是有许多的人听候他的指使。他编成新的连、团和旅。最初还没有那么些军官,可是马上也就有了。

在十二月里,沙菲罗夫在卡门加附近逮住了将近五十个人,穿着肮脏的旧军服外套。他们是一群粗鲁的人,可是他们解释说,他们要到卡门加去看安东诺夫。

"你们想到卡门加去干吗呢?"沙菲罗夫问。

"我们想去打仗。"一个长着一嘴乱红胡须的衣衫褴褛的人回答说,他嘘着气暖和他冻僵的双手。这些人很像是解散了的红军队伍。安东诺夫亲自接见他们,他跟普鲁日尼考夫和伊洵走出到司令部的石阶上。

"你们要干什么?"他对这疲倦的一群喊着,"你们自己有什么话要说吗?"

"我们到你们这儿来入伙。"

"是的吗?"安东诺夫嗫嚅着,"你们是来投我吗?最先,你们跟我做对头，现在又来投我来了。真奇怪。"

"那一点也不奇怪，"一个穿破靴子的人说，"我们没有什么别的事情可做；我们打仗打惯了，家里又都毁得不成样子。"

伊洵会心地大笑着，人们变得更大胆一点。

"别扯那一套旧话啦，你就直接告诉我们你现在的意思得啦，"一个人在人群里咆哮着，"你收留我们，还是不呢？不然我们就不要你帮忙，我们还可以去投另一个阿达满，替他效力。我们跟谁都是一样，只要有一点肉吃，有几件衣服披在肩上就行。无论怎样我们都可以。"

安东诺夫低声对普鲁日尼考夫说了一些什么就进去了。伊洵也跟着进去。几分钟之后，这些新来的人们一个一个地被叫进来问话。他们被慎重地挑选着，并不是每个人都收留。那些从殷实的农庄上来的都被欣然地留下了，余下的又被托克玛考夫凶狠地审问着。他用他的黄眼睛洞察着每一个人。军官们——他们中间倒是有许许多多——他连问都不问就留下了。他慎重地检查他们的证书，辨认印章上面的字句、印花票和签押。他没有把文书退还给他们。

"你不需要它们了，可是也许我们需要。"托克玛考夫笑着说，"你可以走了，让第二个进来！"

这些被解散了的人分编成团了，军官们被命令着在他们自己的地方上组织军队。

这时候塔姆包夫省里有两军人了。安东诺夫指派两个他顶信任的人——托克玛考夫，和一个热烈的年轻小伙子叫包谷斯拉夫斯基的——做两军的司令。这两个司令对那些从塔姆包夫城里派出来攻击安东诺夫的小支红军军队做着小的战争。

塔姆包夫的军事领袖常常喜欢在他们的军队占领了一个村庄的时候，就马上印刷出一种胜利的消息来。可是当这一村庄重新宁静下来的时候——几乎就像从墙里爆裂出来的一样——社会革命党和他们的委员民团就都爬出来了，于是什么事情又会跟从前一样。

　　有时一个红军联队计划着要在某一个地方诱获住安东诺夫的一团，把它整个解散了。那就是，这一团人看起来好像是解散了——其实却是散开的马队跑开去，在村庄里换掉他们的马匹，隐藏了。

　　追他们是没用的——你永不会捉到他们。搜索他们也是没用的——谁能够把安东诺夫的人跟农民分辨开？他们没有制服，枪械又都藏起来了。

　　战争就这样地拖延下去。

五

有一次，一个信差从高尔斯基那儿一直到安东诺夫这儿来了。天意把这两个人捆在一块，无论安东诺夫想什么法子，他总是制服不了那位骄傲的"彼特罗格勒买马局"的代表。他还是像往常一样的必需，并且他仍然继续不断地送来偷得的军事命令、报告和信件。

可是他依旧要回送鸡蛋、奶、鹅、鸭和整车整车的货物。所有安东诺夫可以从苏维埃农庄上搜得到的肉、奶、油、鹅、蛋、青铜器和银器——安东诺夫的人一定要交给高尔斯基的代理。

这一次高尔斯基要马。

安东诺夫早就知道高尔斯基在每件可以抓到的东西上都做一场大的买卖——从侦探们的报告到博物馆里的古董。可是这儿的事情怎么办呢？有一些传言说，在莫斯科和塔姆包夫都有大规模的军事活动，准备要来攻击叛军了。安东诺夫现在正万分地急需着高尔斯基。

"亲爱的伙计，"律师写道，"在伊凡诺夫苏维埃农庄上有二百匹马。你自己留下一百，把一百送给我。"

"这些马是被战斗中的弟兄们所需要的，"安东诺夫对于这一点愤怒地咒骂着，"趁着一切都还平静的时候赶快做吧。有各式各样的流言在传布着呢。我一定通知你消息，可是请你也照我所要求的做。"

在一个寒冷的早晨的破晓时候，安东诺夫包围了伊凡诺夫苏维埃农庄，那儿只有几个红军的部队和地方上的共产党占据着。他们已经在那儿过了一整年，像在城堡里一样，饿得半死。可是他们依旧坚持下去，不止一次地把安东诺夫的人打走。

这一次安东诺夫决意要亲自指挥作战。他带着斯托罗折夫的边防团，两架野炮，还有将近十支机关枪。中午的时候他下令对苏维埃农庄开火，那些茅草的房顶立刻都着火了。于是安东诺夫领着他的人向前攻击。

机关枪嗒嗒地响着，共产党用来复枪回击。斯托罗折夫的一团人不惯于在空旷的地方作战，回过头来就逃进树林里去了。斯托罗折夫指挥着向农庄放了三十炮，可是炮手们都喝醉了，炮弹没有打中目标。

彼得·伊凡诺维契带着他的一团人又一次冲向共产党去，他骑着一匹偏秃的母马跑在前边，呐喊着，挥着军刀。

在他旁边奔驰着安东诺夫，他曾教给他的人在游击队的战争里，一个将官总一定要跑在他的队伍的前面。而在每次起始作战的时候，他也总是不变地跑在前头。他不怕死，除了战利品，他的生活里没一点乐趣。在司令部和委员会里，人们仍旧照从前一样地争吵着，互相陷害着。鬼都不晓得从哪儿出现了一些军官——他们是从绅士蜕变出来的。神父们跟在军队后面，渔利的人搜刮着村庄，做什么事情都是为自己打算，你还没有方法制止他们。

安东诺夫狂吼着越过雪地，奔向苏维埃农庄去。从那个方向枪弹射过来，小团的白烟不住地现出来，又慢慢地消逝了。共产党用一串致命的排枪来欢迎这一团人。安东诺夫的马受了伤，跛了脚猛力地跳跃着，那匹灰色的马从大路上逃开了。遍地都躺着马和人。

　　这一团人跑了回来。气白了脸，安东诺夫命令他们退却。红军并不追击，他们的力量不够。第二天安东诺夫派斯托罗折夫到撒拉托夫去找寻马匹。在霍泊儿河畔，斯托罗折夫的一团人遇到了几个红军，又受了他们一顿颇大的打击。

　　在回程上，斯托罗折夫被他的失败激怒着，劫掠了一个小小的养马的苏维埃农庄。那是夜里，正下着一场轻软的小雪，斯托罗折夫的人突进了庄子，切断了哨卫，占据了农庄的管理处。农庄的首脑来不及穿好衣服，他只穿着内衣。血流下他的脸，斯托罗折夫手下的一个人在缴他的手枪的时候曾用枪靶子打了他。

　　在斗争里斯托罗折夫的肩膀受了伤。他那跛了不能做事的胳臂使他变得野蛮起来。

　　"你是一个共产党吗？"他问农庄的首脑说。那个人点点头承认。

　　"那么我们要审问你们了，"斯托罗折夫说，"把所有的人都叫进来吧。"他命令。

　　马队遍村里跑着，拖起那些正在睡觉的人们。有的到邻村里去拉人，有的传布着警报。就是瞌睡得披散着头发的神父，也给从床里拖了出来。他固执地依恋着他的袈裟，和他办公室里所有的物品。

　　人们都被赶到公共食堂里去。他们挨冻又害怕，他们战栗着，在敲响着的牙齿中间轻声地咒骂着。从马棚里带来两个灯笼把这片地方照亮起来。这儿看起来像一间仓房，遍地都吐满了唾沫，肮脏而且发着辛辣的气味。

　　斯托罗折夫跟牧师低声谈了一会，就任命了牧师认为可靠的三个农民作为审判。

　　斯托罗折夫把他们叫在一边。这三个，两个老的跟一个胡须刮得很干净的中年农人，都呆呆地站着注意地倾听着他的话。他们的脸色苍白而且凄惨。

　　"你们要按照你们的良心来审问，"他向他们声色俱厉地说，"其余的你们自己都知道。如果有五个共产党给拉到墙边枪毙了，那对于农人们是一件很痛快的事。"

几个苏维埃农庄的管理人被他们抓住就马上带进来了——光着脚，穿着内衣。他们的手倒绑着，每个人身后都站着一个武装的卫兵。

斯托罗折夫起始审问他们，从那个为首的开始。其余的人们都静听着，低声说话和局促不安的情形是没有了。灯笼里火焰的爆裂声是唯一的声响。

"你相信上帝吗?"彼得·伊凡诺维契问。

"不，我既不相信上帝，也不相信魔鬼，也不相信你。我不预备跟你讲些什么。"

彼得·伊凡诺维契从皮枪套里拉出手枪来。

"等一等——你就会跟我讲的，"斯托罗折夫低声说，"现在，孩子们，给他来上一顿。"

五个沙声的家伙跑过去，把那个共产党打倒了。于是一个坐在他的腿上，另一个坐在他的头上——鞭子就嗖嗖地响起来了。他们不声不响地打了他很久。那个人也不出声，只是躺在那儿好像死了一样。

"水呀。"斯托罗折夫叫道。他们把他浸到冰冷的水里，又把他扶起来坐在一条凳子上。他睁开眼睛。

"拉他到墙边去!"斯托罗折夫命令道。他们把这个人拖起来，靠在墙上了。彼得·伊凡诺维契开了枪。那个人躺在他们面前，血从他的脑袋里涌出来。

"开始!"斯托罗折夫向审判们喊着。他们不开口。

"你是干吗的?"斯托罗折夫问一个又黑又瘦的光头老人。

"我是一个掌柜的。"

"一个伊得[1]吗?"

---

[1] 俚语呼犹太人为伊得。——译者

“我是一个犹太人。”

“那么就是你的祖先把耶稣、基督给出卖了的?”

老人不作声。

“问你话你怎样不回答呢?苏维埃农庄上有多少地?”

“四千个迭斯亚丁。”

“你们听见了吗,农民们?现在你们可以看出共产党是些什么东西来了!四千个迭斯亚丁给苏维埃农庄,村苏维埃的地产和三百个迭斯亚丁给了你们。小心你们别给那么些东西塞住喉咙呀。”

农民们不作声。房子里热而且臭,在场的人们都从脸上流下汗水来。

“你想要怎么个死法呢?要我们勒死你吗?你们有什么主意吗,审判们?”

审判们吓得发抖。突然一个穿羊皮紧身的老年农人从靠前面的几排里站了起来。

“他没有可以判罪的理由,”他说,“伊色克·伊色考维契是一个正直的人,并且还是一个好人。我们这村里可以从苏维埃农庄上得到雏马的供给。我们从没有瞧见那儿的人错待过我们。”

“没有吗?那么到这儿来,你。”斯托罗折夫命令道。那个农人走上前去。斯托罗折夫从头到脚打量了他一会,于是举起胳臂来用鞭子猛抽着那人的脸。

“这就可以教给你再站起来替共产党争情理。他们现在就要把他勒死了,你得替他结好绳套。如果你不高兴那么做,我们就要把你们一起勒死,为了给别人一个教训。”

这么一来,人群里有着一点儿骚动和抗辩的呼喊。可是斯托罗折夫的人,他们都是站在他的四周的,转过去把来复枪向着人群,于是又静下来了。这儿是那么的寂静,以至于农人们不平的呼吸和灯笼里火焰的爆裂都可以听得出来。

"喂，你还有什么最后的话要说吗，爷爷？说吧！"

老人站了起来。

"你是一个土匪，"他说，几乎是耳语着，"我跟你没有什么话说——一只野兽能懂得什么呢？"

斯托罗折夫注视着这个黑瘦的老头子——那么苍白并且软弱，可是那么地傲慢。他的眼睛闪烁着，他那枯焦了的嘴唇也红润起来。斯托罗折夫突然对这些人感到惧怕。"这儿只有一点点人，"他想，"可是没有一个人乞怜，没有一个人哭叫。他们的力量从哪儿来的呢，我奇怪。"

他的沮丧更深了。这个可怕的夜晚仿佛比往常更其黑暗。这一场审问也显得没有意义。他也没有制服谁，也没有吓住谁。

"勒死他！"斯托罗折夫命令，他的每一个肢节都颤动着。那个穿羊皮紧身的老农人给带出去了。

农庄上的共产党一个跟一个地站起来，而斯托罗折夫又一个跟一个地给他们定了死罪。

……火焰在灯笼里静静地爆裂着。人们摇摇欲跌地走到墙边去，于是他们流血了……

曙色染上了天空。

斯托罗折夫带走五十匹马，在苏维埃农庄上放一把火就走了。

安东诺夫命令他把这一群新得的马匹送到一个指定的地点，交给高尔斯基的代理人。为了这，斯托罗折夫第一次跟安东诺夫吵起来了。

"这是干吗呢？"往常总是很缄默的斯托罗折夫喊着说，"照你的意思我丢掉了四百条人命就是为了那个狗养的图利者呵！我不给他。如果我交出马来，我情愿给勒死了。"

"对啦，你尽可以不交出来，"安东诺夫磨着牙说，他脸上的筋肉抽搐着。"你可以自己留下。如果你不要，别人也会要的。并且如果你敢说一句话，我就把你靠到墙上枪毙了你。你最近变得太聪明了，你这狗他妈的儿子。"

　　斯托罗折夫咬着嘴唇离开这间房子。他跟安东诺夫中间的友谊就达到了尽头。

六

事后，在伊凡诺夫苏维埃农庄上对于胜利者们有着种种的咒骂和嘲弄。村里的女孩子唱着她们自己编的歌词，一个比一个更加侮蔑。用了顶高的嗓音，她们叫着：

"现在那个年轻的土匪，

他有了一条新的马鞭子，

他喷着鼻气，还淌着口涎，

于是他就跑出去绕圈子。"

"你们真是一群打仗的好手呢，"赛里弗斯特对彼得·伊凡诺维契说，"你们在想着攻打莫斯科了吧，我想，你那长鼻子队伍呀——连个苏维埃农庄都不会经营。"

"你们什么时候打车站呢？"农民们在会议里喊着，"你们倒是挺会说空话呀，你们不是吗？"

"一定打车站！"一个人嘲笑地回答说，"他们连车站附近的地方都不敢去。伟大的军队啊，他们不是吗？"

咒骂和嘲笑传到安东诺夫的耳朵里，他决意要试一下，把事情展开去。二月初，斯托罗折夫和普鲁日尼考夫从卡门加接到命令。于是他们就带领着从不同的军团里改编起来的三千人的一个队伍出发，去进袭车站。那儿有一个共产党联队保卫着。

将近黎明时，他们走近了车站，就在附近的村落里停下来。在这里，斯托罗折夫最后一次匆匆忙忙地检阅了一下军队。之后，带着楞迦，他骑着马远出到田野里去。在他们面前是隐约地躺着在黑暗里的车站。一点孤零的光亮，在灰暗的夜色中照耀着，那是打谷仓顶上的灯光。

车站寂静着，疲倦的人们都睡了。那儿的生活是艰苦的。四周包围着安东诺夫的军队，这一点点人既没有面包，又没有喂马的草料。

安东诺夫恰巧在玛尔多窝以上的地方把铁路切断了。有一个整月光景这个车站上没有得到一点接济，他们闹着粮荒。他们都很憔悴，马匹几乎连站都站不住了。只有尼琪塔·西米扬诺维契还能撑住劲儿。他跟李斯特拉特花费整天整天的工夫，骑着马在区里搜集他们可以找到的粮食和草料。

可是安东诺夫的"绿军"的圈子越围越紧了，各村里的防御也越来越强固。偶尔有几个没有心肠的人会谈着要退出去，到玛尔多窝的那边去。李斯特拉特不说什么，他知道那些带着家眷的人不能够冲出去，他们永不能骑着他们精疲力竭的马从安东诺夫的包围里冲出去。

可是他从没想到会有人来袭击车站。在夜间，巡逻们大概也没有看见叛军的动作。

撒式加·齐里金在早晨回来了，他被靠近铁路的村落里的沉寂和荒凉的景象弄得莫名其妙起来。

第二天早晨，斯托罗折夫的先锋队走近了车站附近的住房。红军被机关枪的嗒嗒声和爆裂的手榴弹的炸响惊醒了。半穿起衣服，人们抓住他们的来复枪，赶快地跑出房子，并且，一面打着一面前进，到火车站去。安东诺夫的马队在街上奔驰着。红军没有别的办法，只好退却。

在他们自己的马队的掩护之下，共产党离开了车站。

安东诺夫的军队立刻停止了追击。斯托罗折夫、普鲁日尼考夫和另外几个得力的头目——他们大概有十个人——都离不开他们的队伍。胜利者们在忙着搜劫车站。傍近中午的时候，邻近村庄里的农民都赶着大车来到了。门都砸开了，门闩和锁都毁掉了，窗子也都捣烂了——为了寻找那些期许下的货物，可是哪儿都找不到。

除掉一百支来复枪，两架机关枪和几十匣弹药之外，车站上什么也没有。

"这儿，拿过货物来吧，"女人们恶狠狠地叫喊着，"你们把那些东西藏到哪儿去了，你们这些脏鬼！所有的东西都教你们自己抓起来了，一准没有错儿！"

斯托罗折夫无效地搜着储藏室、地窖和住房；他无效地命令着鞭打囚犯和共产党的老婆。他们一点也不晓得那些假定的货物和皮子的储藏，他们坚持着说车站是空空的。

农民们紧蹙着眉头，大声地辱骂着安东诺夫和他的军队。女人跑去找斯托罗折夫，恫吓着说要挖出他的眼睛来。一次又一次地储藏室的墙壁被拆掘着，一次又一次地地窖被搜检着……那儿什么也没有，除掉五桶煤油。

彼得·伊凡诺维契亲自把煤油分给农人们，他们并不热心地收留了。农民们统统讨厌了他们，除了嘲笑他们简直没有话说。

斯托罗折夫在车站上占据了四天。

在第五天，开来一辆铁甲车，只消十几枪就把这"特别袭击队"驱散了。李斯特拉特回到车站上来，什么事情还是照旧进行下去。

"你瞧事情就是这个样子，亚历山大·斯台潘诺维契，"伊洵说，"我们得另想一些什么事情了，我们得想点什么法子把人们抓到我们这边来。"

恰巧在这时候，高尔斯基送信来，说一批新的红军已经到达塔姆包夫了，他们是被派来剿击叛军的。

这是莫斯科派来克服叛变了的塔姆包夫的富农的第一次主要的力量。

总司令部下命令给奥莱尔的部队，要它马上消灭安东诺夫以及他的队伍。奥莱尔的部队热心地担负起这份工作，不过有点轻忽了。

他们重复地说着塔姆包夫的部队所犯的错误，然而却不从它所得到的教训里获得一点利益。又一次地在追逐胜利者们的中间，他们占领了叛军的中心又让出去了；又一次地他们解散了安东诺夫的队伍，只是瞧着他再召集起来。新的队伍凭空里跳出来，好像从地里面钻出来似的。真的，奥莱尔的部队想着它可以剿清叛变了的乡野，造出一个广阔的阵线，把安东诺夫的力量驱到一个角落里，给他们一个致命的打击，解散了他们，并且毁坏了他们……

他们在奥莱尔这么想着。

然而不时地受到高尔斯基的警告。安东诺夫也并不闲暇，一条巧妙的计策已经在准备之中了。安东诺夫决意要把成百的村镇和小庄子，以及上千的和平的农人拉进他们里来，使整个的乡野动作起来，然后再从红军的势力之下突了出去。这就是农民们对待红军的方法，他这么决定了。他们会跟了他突出去的。

当运送红军的火车快要开到的时候，伊洵、普鲁日尼考夫、苦农委员会特别动员的部队和安东诺夫的军事司令部都广泛并且远远地散布出谣言，说那是一个叫作"野蛮"的师团，那里面有中国人、拉多维亚人和犹太人。

煽动者们叫嚣着红军做过的残暴的举动，念着亲身遭难者的"证明"，说着许多故事：像活活地烧死一家，严刑拷打，和杀人放火之类。

斯托罗折夫在他自己村上开一个会。那是一个晴明的下霜的星期日，小学的教室里简直没有空闲的地方，因为他们都喜欢听伊洵说话，农民们都高兴听他那愉快的、不着边际的谈话。他的笑话，有趣的语句和故事。

这会要到礼拜堂的外面去开了。廊子上有着厚厚的人群，在台阶的顶上老头子们跟老婆子们支着他们的拐杖站着，他们来听真理。也要被那真理一个一个地说服了。

伊洵讲着红军侵略的故事，讲到热闹时他的眼睛发着闪光。他淋漓尽致地形容着。他说安东诺夫在红军到达之前就要退走，把这些村镇和小庄子毫无保护地留在后面，虽然他知道在附近的区里共产党把所有的男人都杀掉了，从十五岁大的男孩杀起。

"他们来了，"叶哥尔说，"就抢劫地方，枪毙男人女人和小孩。在轧格里亚秦那地方有一堆枪毙了的和拷打致死的人的尸首，比房子还要高。现在你们只有一条路了，农民们——跟我们一块走。公民们，红军马上就来了！搜集起你们所有值钱的东西，好好地藏掉你们的粮食和燕麦，把你们年轻的闺女、媳妇送到远处的农庄上去。至于男人呢，他们得收拾好马匹跟我们走。让那些残暴的人瞧瞧，你们不愿意遇到他们，或是看见他们，或是听他们的讲演。"

散会时有人骑着急喘的马跑来。在他们后边跟着两辆车子，上面蒙着麻袋。

"瞧这儿吧，弟兄们，"一个黄褐色的瘦子喊着，这个人农人们立刻认出来了，他是沙菲罗夫，安东诺夫的特务团的司令："到这儿来赞美一下共产党的工作吧！"

沙菲罗夫从胡须上抖掉冰花，打马上跳到雪地里，走到一辆橇车前把蒙罩揭开了。农人们围上来。一个女人没命地叫了一声就跌倒在雪里了，身体扭歪着。于是另一个女人瞧一眼，也战栗着哭了起来。

人们围住橇车越挤越紧了。

斯托罗折夫努力往里面挤。他看见的东西使他脸色苍白了。他的膝觉到软了下来，他的牙床也好像要融化了。在焦黄的稻草上面堆着人的尸体。他们都是光裸的，用黝黑的眼窝瞪视着世界。他们没有眼睛了，因为他们的眼睛都给挖出来挂在腮颊上面了。

他们的头发烧焦了，都直竖起来，好像融雪时候路旁里去年的枯草一样。他们的鼻子都割去了，他们的嘴咧到两耳。

"乡民们，"沙菲罗夫喊，登上橇车去，"瞧这个吧！那些坏蛋糟蹋了我们的弟兄。这儿——你们可以从他们指头底下看出锈坏了的钉子来了，看吧！"

人群更挤近一点。有几个强壮一点，心肠较硬的人竟敢去捡起烧焦了的残断的胳臂和蓝色僵直的腿肢。钢钉子从指头底下穿了出来。

女人们又尖声地叫喊着，老头子跟老婆子们却静静地哭泣着。

"他们被残害了三天了，"沙菲罗夫叫着，"为什么？谁也不晓得。他们都是和平的乡民、女人、老人——并且，"他指着一个小尸首，"这是一个孩子。乡民们，这就是他们做的事。我们得逃避开他们，我们得跑掉，去躲藏起来。来把你们的东西收拾好，他们离这儿不远了，那些红军！"

这时候另一个骑马的人骑着一匹满身白霜的马奔来了。他递给伊洵一个口袋就又奔去了。沙菲罗夫跟他一同去了，带着那些可怕的人的尸骸。

伊洵撕开信，又跟群众讲话了。

"红军在二十个微斯特以外。安东诺夫已经开始退却了。他今天夜里就要到这里来。只要我们一接到警报——就动身走！"

人群就像糠屑似的散开了。

受到恐怖的打击，人们跑回家去。斯托罗折夫面色发绿，倚在一根杆子上，他病了。

"叶哥尔·伊凡诺维契，那是真的吗——红军就当真那么办吗？"他吃吃地问。

没有回答，叶哥尔猥亵地笑了一笑，走开了……

只有他晓得这些死尸是从哪儿来的，只有他晓得赫尔曼·郁林，安东诺夫第一军的代理司令，怎样逮住了五个共产党（或者——也许他们不是共产党——谁晓得呢?），吩咐笨牛万加——沙菲罗夫军里的刽子手(安东诺夫在每一个联队里有一个刽子手)去"装饰"这些死尸。

"好好地装饰他们!"赫尔曼命令道，"让人们看了会冒出冷汗来。"

"我不是头一回干这种事情了，"刽子手回答说。他在职业上是一个屠夫，一个瘦弱的、起皱的、红眼睛的动物，不知道为什么绰号叫作——笨牛。

六天以来，沙菲罗夫的人拖着载了残断尸体的车子这儿那儿地走。六天以来，村里的女人们哀哭着，农民们吓得颤抖着。这几个橇车做了安东诺夫的煽动者们所没有做到的：人们都起来逃避红军了。

安东诺夫狡猾地笑着，跟赫尔曼·郁林握手，好像说："妙啊，那真是一个聪明的家伙!"

……这天晚上，安得勒·考屑尔苍白而且战栗着，跑去找彼得·伊凡诺维契。他已经拜访了至少十户人家，可是人们都忙着或是想着自己的事，不理会他，并且把他赶走了。

他并不是因为自己战栗，而是为了他的马，为了那匹宝贝的灰色马，他曾亲手喂养过的。

"彼得·伊凡诺维契，"他乞求地说，几乎要哭了，"他们也要糟蹋我吗? 大概不会吧。"

"那么你想你自己是一个什么样的鸟儿呢?"斯托罗折夫嘲笑地说，"你也签过了志愿书的吧，不是吗?"

"是的。"

"啊，那么，你就是我们的人了。他们会抢走了你的马，杀掉你的猪——连你自己也算在内。"

"你想他们连那种事情都会做得出来吗?"安得勒极端痛苦地问。

"就像眨眼一样地容易! 在他们看来——你和我同样的坏——用一根摸油棍子涂出来的。"斯托罗折夫坚定地说。

七

　　当天晚上安得勒杀了他的猪，切了，装在车上，用稻草盖起来，紧紧地缚在车轭上。

　　那天夜里气候变得更冷了。一队一队一团一团的车整夜从村庄里开过去。他们后面跟着从远方的村庄里来的车子。农民们驰驱着到不知名的地方去。他们随身带着一箱一箱的东西，屠宰了的牛羊，他们的小孩和老婆。马匹被风雪吹瞎了，在路上和雪地里胡乱地走着，互相撞着，阻碍着道路。而后面又有更多的车辆赶上来，跟他们挤到一块了。惊吓成半疯的样子，人们割断他们的马缰，把橇车留下，骑上马背，他们总算从骚乱里解脱了出来。

　　天明的时候警号响了，它把恐怖打进了他们的灵魂。被剩在后面的或是丢失了家里人的人疯狂地跑到这里又跑到那里。斯托罗折夫团里的马队敲打着各家的窗子，喊着："红军来了！赶快备好马吧。"

　　人们用吓得抖索的手装配他们的马，像个影子似的从家里飘进了橇车，咒骂着，哭泣着，祷告着。

安得勒把他的孩子揣在破紧身里，用顶快的速度驰去了。

在远处的一个什么地方，一架机关枪嗒嗒地急响着，警钟支持着一阵勉强的敲打。橇车碎了，马颠踬着跌倒了，人们帮着它们爬起来再跑，一面还疯狂地张望着。

在离村子五个微斯特的地方，安东诺夫的军队跟最后的橇车在黑暗里冲撞了。马队直冲上去，用马鞭和枪靶子照顾着马。他们的马踏倒了农民。后面的枪声越来越近了，几千辆橇车在田野里奔驰着。

农人们鞭打着马，从死亡里逃出来。

这就是两万多和平的乡民的逃亡：那一天有多少孩子丢失了父亲，多少父亲丢失了孩子。大风雪一整天没有停止，路上下满了雪。真的，没有一个人找寻道路，也没人按着路走。逃亡的人们分散到新的村落里，从那儿又有成百的橇车加入到他们里面来。

约莫离德甫里基二十个微斯特的时候，枪声从旁边很近的一个什么地方响起来了。逃亡者们整个地掉转他们的马头，却又跟另外一串从相对的方向来的车子撞在一块。一时所有的一切都摆脱不开地混在一起。空气中充满了呼喊、呻吟，木头的碎裂和鞭子的抽响。

在这场骚乱之中，安得勒的马断了一条腿，他的橇车给撞成了碎片。莫名其妙地安得勒和他的两个小孩子逃掉了。丢下死了的马、箱笼、衣服和马具，谁还能够打算着跑掉呢。

安得勒站在那儿久久地守着他的马在疼痛里死了过去，他的猪的尸体已经落到车外去了，渐渐地被阵雪淹没在底下。于是他裹起他的孩子，把他们抱在臂里，开始回家去。他一面步履艰难地往前走，一面哭着他那破灭了的幻梦，哭着他那匹那么可怜地直瞪着他的眼睛的马。他哭自己，因为现在除了贫穷，和家里冻结了的角落，还有火炉底下饥饿的老鼠的凶猛的打架以外，他再也没有一点指望了。

离村庄十个微斯特的地方，安得勒遇上了红军。一个愉快的青年人，绝不像一个中国人或是拉多维亚人，他把安得勒的小孩带在他的马上。他详细地问着安得勒关于逃亡的事，忧虑地摇着头。不明白人们要到什么地方去，为什么去并且去干什么？在一个邻近的村庄里他们歇下来，红军给安得勒一点吃食，还给他找来一顶帽子。那个军官派一个巡逻到田野里去，他回来时把猪肉也给找回来了。傍晚时候安德勒到了家，看见村庄已经给红骑兵的一个联队占据了。

军官和兵士统统莫名其妙了。他们骑着马走经几十个村镇和小庄子，在那里没有一个人。除了几个吓坏了的老头子和老婆子，深深地鞠着躬。如果问问他们那些男人跑到哪儿去了，他们就说出许多糊里糊涂的话，啜泣着，哭叫着，最后才解释着逃难的事。

军官到各家去安慰那些哭泣的人们，做种种的问询，说一些和蔼的话，那些话是可以达到农人们的心里的。他们也告诉他所有的一切，他们的恐怖、狼狈和害怕红军的心理。

他叫大家来看安得勒·考屑尔，他是第一个回到村里来的。红军里的人都在场园上忙着：扫地或是修理猪栏的门。这是他们习惯了的工作，他们已经懒得去追赶安东诺夫了。

安得勒·考屑尔告诉他们关于他的马和他的猪，还有一切他在那些失望的日子里所看到的。他拥抱那个年轻的军官，那军官下命令要拿他们平日集蓄的钱替安得勒买一匹马。

一个一个的，徒步或是骑马，农民们愤怒着，困恼着，回到村子里来了。安东诺夫的目的已经达到：在和平的乡民群众的掩护之下，他不被红军觉察地溜掉了，把农人们遗留在旷野里。

当他们走近自己的本村时，他们的心里疚疼着，可是他们却被微笑的红军兵士问候着，女人们也跑出来接他们了。在场园上，这些依旧是拉多维亚人和中国人的家伙，（不过到底他们是拉多维亚人和中国人吗？）都在那里拿着锄头和斧子拼命地工作着。他们都很客气，只是摇着头，带着一种责备的意思瞅着农人们的眼睛。

那天晚上军官召集所有的农人和他们的女眷到学堂里去，老人也去了。他们看见门口没有一个卫兵，也没有实弹的来复枪，也都感到惊异。没有人来恫吓着要鞭打他们，也没有人来对他们咆哮，糟蹋他们了。

"这是一个什么样的'野蛮的师团'呢?"迭姆扬·珂索伊问。他带着一肚子不痛快来开会，在逃亡中他丢了一箱子东西，"在我看来他们并不怎样野蛮。"

"那都是瞎话——别人告诉我这么说。"安得勒怯懦地低声说。

"嘘——嘘——静一点，"他被警告说，"让我们看以后会发生一些什么事情。"

军官和红军政治部的人员，一个护兵都不带就到学堂里来了。

他们奇异地看着这些在整个的乡野里骚动起来的人们。他们被叛变的力量和深度吓住了。农民们注意地可是也倔强地倾听着委员和军官要说的话。没有谁说话或者提出疑问，他们坐着静静地吸烟。只有安得勒·考屑尔插一两句嘴。

"我请求你的原谅。"他开口说，把他那布第昂尼的帽子兴奋地抓在手里，"我希望你会饶恕我，乡民同志，可是——你听见关于粮税有什么规定吗? 或者比方说，关于做买卖的事? 老百姓真是肩着一脊梁的痛苦哪。"

听完这些话，赛里弗斯特恶意地看了安得勒一眼，这一眼吓得安得勒连一个回答都不等就离开学堂走了。

军官对于目前的困难和已经造成了的残破的局面说了好多话，可是，他跟中央间的联系既然已经被切断了，他实在不能确切地告诉他们关于粮税的事。

农民们嘟噜着一些什么，叹息着，溜出门去。"尽管说吧。安东诺夫回来的时候就会想起你来的。"他们对他们自己说。

军官要求那些穷的和曾经上过前线的人在那儿多待一会，然而无效。看起来好像谁也不愿意。

"喂，亚历克西·彼特罗维契，"委员跟军官说，这时候就只他们两个人了，"你晓得这在坦白的俄罗斯人叫作什么呢？这是工农联合的一个破绽。"

委员吸他的纸烟。军官坐着沉没在思想里。说句到家的实话，他从前幻想着安东诺夫的叛变迥乎不像现在这种样子。

"你知道，"他跟委员说，"我们受到鬼骗了。我一想起人家怎样地告诉我们关于安东诺夫的事，我就觉得非常害羞。"

"对——呃啦，"委员嗫嚅着。他也想起他在塔姆包夫从上面收到的关于安东诺夫和他周围以及整个叛军中的人们的描写："一群无知的醉鬼和偷儿""一队流亡的人和富农的儿子，武装着鞭子和斧子"。直到现在，这些军官们才能够衡量出那些有经验的聪明的政治家们制造出来的计划的价值。直到这儿，这些军官们才明白斗争得重新设计，战事也得用迥乎不同的方法持续下去了。

"好吧，亚历克西·彼特罗维契，我要去给中央写一个报告了。我要把所有得到的结论写到纸上去……"

他们分别了。军队第二天早晨就开走了。

八

楞迦在格里亚斯诺惹跟纳塔沙过了几个礼拜。他睡在火炉上面。纳塔沙在她父亲睡得发了鼾声的时候，就悄悄地爬到他那里去。他们一同在毡子底下低声谈着生活和爱情，吻着。一些不寐的夜晚匆匆地过去了。

她父亲很明白为什么纳塔沙的床上在夜里是空着的。他叹息而又呻吟，孩子们没有结婚就住到一块去了。楞迦是一个靠不住的家伙，也许他会丢了纳塔沙，在她怀妊的时候，把她遗弃在忧愁和耻辱里面。

然而，他并不向楞迦讲一些严肃的话，而年轻的人们也就永不想到结婚的事了。常常在夜里他们清醒地躺着，楞迦给纳塔沙尽量地讲述着他所听到的安东诺夫的教训。有时他带回家来宣言和书籍，她读着，并且觉到她可以跟着楞迦直到世界的尽头。

"我也要加入军队了。"有一次她说。听见这话他支起胳肘来粗声粗气地说："我就会给你一些什么东西的！想当一个叫花子吗？"

"玛路西亚·考骚瓦就跟他们去了……"

"玛路西亚·考骚瓦是一个干什么都不行的人。她是跟安东诺夫勾搭上了——她的结尾一定是很糟的呢。她的父亲和兄弟都在军里，她没有别处可去。可是你到那儿去干什么呢?"

"我只想跟你在一块。如果红军杀了你呢，楞迦?"

"他们不会的，我的一生都是痛快的。"

"如果他们真的杀了你，那么我就去加入军队，"女孩的眼睛闪烁着，一面低声说，"我要去亲手杀掉红军——啊哈，那些可诅咒的东西。我不会饶了他们的，虽然我不过是一个女人……"

在像这样的时候，楞迦想到他已经给这个女孩子的安静平稳的生活里带来了烦恼，这使他感到恐怖和良心的谴责。

于是她怀妊了。她很高兴，她对于楞迦的爱增进了。她是不知足的，忘了一切，忘不了楞迦——他那亲爱的手，他那苦涩的嘴唇。

有一次她告诉他这件事。当她感觉到心口下面小孩子第一次活动的时候，她快乐地低声笑了起来。楞迦拖住纳塔沙的头，吻着她低声说:"那是一个儿子，纳塔沙。一个儿子——我们的儿子!"她笑了。她父亲听见了她的声音，他自己画个十字，呻吟着。

于是他们打算结婚，要像别人一样地在一块儿正式过活了。可是还不行。

九

在安东诺夫退走五个星期之后的一天，李斯特拉特暂时地回到他的村里来探望他的母亲。这是第一次回来探望她，他是独个儿归来的。

在这个含有敌意的村庄的凄惨的河岸上有着他的家，一所小房带着三个窗户。在那几个罩了白霜的窗子里，李斯特拉特晓得，有一个孤寂的老妇人坐在那儿等待她的儿子们，她的"鹰"。在阴郁的等待的寂静中，她倾听着马蹄的笨重的声响。

李斯特拉特知道斯托罗折夫远在撒拉托夫，从那儿他不会马上就很容易地回来，并且村子里的一切都是静寞的。可是他依然小心留神，从花园里偷偷地溜回家去。一切都是沉寂的，就好像在一个死人的村庄里一样。李斯特拉特把他那匹笨钝的灰色马拴在破毁了的草棚上。

"一切都要摧毁破灭了，"他心里闪着这么个思想，"没有男人在家里，连举手之劳的事儿都没有人做了。"

他在马槽里放满燕麦，高兴地擦着鼻头，就悄悄地走进房里去了。

他的母亲坐在窗前，凝视着窗外的河流，在用一种他很熟悉的手势挑她那破围巾上的边缘。

"哈啰,妈妈。"李斯特拉特说。

老婆子转过身来,在同时间爆发了欢笑和哭泣,眼泪滚下她土色的面颊。

"李斯特拉图式迦,"她低声说,"这是李斯特拉图式迦回家来了。"她从她的座位上站了起来围抱住他,她的两只手紧握在一块。

"嗳,现在,你已经喜欢够了,"李斯特拉特说,"你可以给我一点儿什么吃了……"

"李斯特拉图式迦,我的亲爱的,我的鹰!我给你什么吃呢?我有豆芽菜汤,我还可以给你稀饭加牛奶。阿克须特迦给送来的,谢谢上帝,她没有忘掉我——阿克须特迦。"

"人生是什么——那就像被判定的刑役一样,"李斯特拉特想,"她整个的一辈子就像这样地在操劳中度过了,养大了她的儿子们。她永远看不见一点点愉快。"

他的母亲放一碗粥和一点面包在桌子上,放一个匙子在碗里,站在一边用湿润的快活的眼睛凝视着她的儿子。

它们都哭坏了——那一对眼睛。她被注定了过一生悲苦的日子,她的名字叫阿克辛尼亚,可是人们早已经忘记了,却给她起个绰号叫"絮叨神"——这因为她那粗涩破裂的语音;他们又叫她"囚徒"——这因为她有过多的不幸和艰苦的命运。

奇怪的是她简直没有交过一点好的运道!她的丈夫,一个醉鬼、无赖汉,并且还是一个暴躁的家伙,曾经没命地苦挞过她。此后一家人就分散了。她的女儿嫁了一个老头子——因为谁家的年轻人会娶一个没有嫁妆的女孩子呢——儿子又都打仗去了……

于是她就在悲苦中哭坏了她的眼睛,她那瘦伶的肩膀在经常的哭泣中颤抖着,生活越来越苦楚,而她的笑容也越来越少见了……

李斯特拉特吃着东西,一面从容地问询着村里的消息,他感到非常舒适。他不愿想起在一个钟头之内，他就要骑着马走经那些沉寂的街道，回到那霜天的雾气里，时时警戒着，提防着敌人……

突然门开了，楞迦走进来。他紧紧地束着皮带，全副武装着。他那挂了一条绿签的羊皮帽子随便地歪戴在脑袋的一边。当他进来时，他拿手枪对准李斯特拉特。

"放下吧，你和你的鬼把戏，"李斯特拉特说，又喝了一匙粥，"放下吧，我告诉你。我也会放枪呢，你知道。"

他母亲一时呆住了。过一会她才喘息着跳起来，又忙乱地张罗着，笑着，重新又有眼泪流下她苍白的面颊。

"楞尼亚·列圣迦·列涅赤迦。主保佑我，他们俩都回来了，我的两个小鹰一道儿回家来了。脱掉你的衣服吧，孩子。他不会碰着你的，李斯特拉特不会。你不要碰着他，对不对，李斯特拉图式迦？你不会吧，你呃？"

她总是向李斯特拉特投射恳求的眼神，一面扯住楞迦——她那红脸蛋儿没有胡须的小伙子——的衣服，用颤抖的手想去解开他的皮带。之后，她又就跑到李斯特拉特那边去。

李斯特拉特擦着他的胡须，严肃地瞅着他的弟弟。

"喂，你站在那儿干吗？坐下来。我想你也要吃点什么了吧？一同吃饭多好。我们不必在家里就互相开起枪来，是不是？像这样的一个地方，也就太不宽敞了。"

楞迦狐疑地瞥他哥哥一眼，迅速地摘掉他的帽子，把手枪插回皮套里去，转过脸去朝着他的母亲说："这是为了你的一个聚会，不信你就把我打死。喝点儿什么总不是一件坏事吧？"

"我给你留着一瓶了。"阿克辛尼亚嘟噜着说。

"你进来的时候没有瞧见我的马吗？"李斯特拉特问。

"没有，我从大街上下来，就把我的母马拴在墙上了。"

"你这小狗仔，"李斯特拉特蹙着眉头说，"那么不管到哪儿你总是把你的母马拴在墙外喽。这年头我们总会有一些漂亮的庄稼汉的。我想那牲口一定想吃些什么了，不是吗？一点不错——好好地坐在你那儿！"当楞迦站起来的当儿，他喊道，"我要自己去把她拉进牛棚里，有燕麦吗？"

"没有，我们绝不搜刮农人的燕麦，那都是你们的把戏。我们从不搅扰农民。"

楞迦的嘴一歪，做出一种恶意的狞笑。李斯特拉特笑了。

"别招我吧。我想你也许觉得自己是农民的战士哩？并且再说，燕麦也是司令部里发下来的啦。"他走出房去，大笑着。

"唉，倒霉的运气把我弄到这儿来，"楞迦大声说，"我想，我们不吵一架是不会离开的。"

"不要紧，楞尼乌式迦，我会告诉他的——我告诉李斯特拉特，让他不要碰着你。"他母亲慰藉地说。

楞迦轻巧地拉一拉绣花的衬衣，对着一片破镜子梳他那漂亮的发卷，瞅一眼李斯特拉特毫不留心地放在桌子上的勃朗宁手枪，偷偷地把自己那支锈坏了的枪藏进皮裤的口袋里去。李斯特拉特回转来时，楞迦正在吃他的豆芽菜汤。一瓶看来好像牛乳似的自己家里蒸馏的酒放在桌上，他母亲正在切盐渍的黄瓜。

"你弄了一匹挺好的母马，"李斯特拉特说，到火炉旁边去温暖他那冻僵的双手，"弄到手好久了吗？"

"秋天弄到的。那时候我在桑姆堡附近的侦缉队里，杀了你们的一个家伙。于是这匹马就落到我的手里了，带着鞍子和别的一切。有时候她简直会使自己过分地疲劳。"

"那是一匹挺好的母马，"李斯特拉特重复说，迅速地打量一下楞迦的全身，说道，"那么你就虚张声势地，你——当真做一个农民的战士了吗？怎么，到底是农民们请你们替他们打仗呢，还是你们为了你们自己的缘故呢？"

楞迦红了脸，一面回答道："我们是为了农民的自由而战斗。"

"滚出去吧！你说的当真吗？"李斯特拉特嘲笑着，"那么你也是为了自由而打仗的？瞧吧，这到底是多么可笑的事。你为了农民的自由而战，而我也正是一样。可是我们现在却成为死敌，这是怎么弄的呢？"

楞迦什么也不说。

"不就是这样吗，楞尼亚？安东诺夫给了你什么位分呢？当作一个土匪，你得到什么样的官职呢？呃！"

楞迦又愤怒地羞红了脸。

"你别说吧。谁是土匪谁不是土匪还是一个问题。我是在侦缉队里的，"他说，舔着他的匙子，"我们有很好的军官，不像你们那军官似的。我的长官是彼得·伊凡诺维契·斯托罗折夫。我就在他手底下做事。"

"真的吗？还是服侍你那旧主子吗？你不再替自己另找几个主子吗？"

楞迦静着。李斯特拉特感到自己的怒气直往上冲。

"你说你是为了自由而战斗。是不是也为了彼得·伊凡诺维契的自由呢？那么他就可以不雇三个苦工而雇四个了？而你也要再回去替他当奴隶，是不是？"

他们的母亲赶紧插口进来——仿佛唯恐他们会不让她说话似的——诉苦说去年秋天当村里人加入了安东诺夫的时候，彼得·伊凡诺维契曾借给她三蒲特霉烂了的面粉，到现在，他没有一天不来向她讨索，并且还喊着她的名字侮辱她。

楞迦的脸火一般的红了。李斯特拉特却只是耸立起眉毛，用眼角斜瞅着他的弟弟。

"喂，让我们喝酒吧，怎样？"他大声说，"让我们为了自由而痛饮吧，我的孩子！"

楞迦把自蒸的伏特加倒进杯子里。李斯特拉特慢慢儿拿起杯子来吸啜着那杯中物。于是，把脑袋向后一仰，他吞下了那强烈易醉的酒浆，用手擦一擦嘴，拿一片顶小的黄瓜填进嘴里去。

"你喝得多么从容啊。"楞迦赞叹地说。

"我这么惯了，"李斯特拉特直起脑袋来眨个眼说，"我在沙利特辛当了六年装酒夫到底没有白当。沙利特辛的人谁都能喝一口，我告诉你。你的脖子上有一块灰土，那么一来你就可以把它擦掉了。那儿的人晓得怎样喝酒，我的孩子，还晓得怎样打仗。"

"你没有跟我到沙利特辛去真是一桩憾事，"他继续说下去，"的的确确是一桩憾事。如果两年前的秋天你在沙利特辛的话，你一定会看到一些好家伙。斯大林就在那里，孩子。他是一个什么样的领袖，一个铁铸的人，并且还很聪明。你们那些安东诺夫比起他来可什么都不像了，他们只是一堆垃圾。等到他去收拾你那些主子的时候——他连一块石头都不肯轻轻放过呢。他曾打散过整个的军队，他立刻就要把你们富农们敲成粉碎了。呸，你们……"

楞迦想说几句侮辱的话，几句可以当真惹怒李斯特拉特的话。他转动着眼珠子，讥讽地扭歪着嘴，然而却找不到足以侮辱的话可说。

"你怎么跑回来的?"李斯特拉特问，"我们把你们赶走很远很远了。"

"我们有人民做我们的后盾，"楞迦回答说，"我们是为了人民的。我们是为了土地而战斗。你瞧!"

李斯特拉特大笑起来。

"你不要那么说吧!"他咆哮着，"你是为了给彼得·伊凡诺维契多搜刮一点土地而战斗呢!"

"我们是为了替贫苦的农民们争取土地而战斗。"楞迦增添说，脸上现出很不痛快的神色来，"你们从贫民那儿抢走了土地，把它们交给苏维埃农庄!"

"这些日子你变得多么有学问啦，呃! 你一定也会受到害处呢，不是吗？他们是不是也从你那儿同样地抢走土地呢？你有那么许多地呢，对不对？瞧他吧，妈妈，瞧这农民的战士吧。你养了一个糊涂孩子，现在你自己就遭到他的殃了。在别的省份里，农人们都在好好地做着一点儿耕种的事了，可是我们这附近，你们那些混蛋们却依旧闹兵乱。臭东西！"

这一番话使得楞迦越发受不住了。

"不劳多管我们，"他喊着，眼睛涨红了，"我并没有提起你们的人，你也别说我们的。喝干你的伏特加，闭紧你的嘴。在别的省份里你们的政府马上就要倒台了。只要给我们时间——我们也会把你们一个个串起来的。"

"哦！"李斯特拉特笑着，又满上一杯，"那就是我的下场头吗？替我挑一个合适的绞刑架。好不好——到底我总是你的一个亲属呀，楞尼亚。妈妈也会求你多照顾我一点。给你儿子鞠一个躬吧，妈妈——他在打算着要绞死他的哥哥呢！"

李斯特拉特那么痛快地大笑着，连楞迦也都欢乐起来了。他们的母亲坐在那儿静听着，可是她简直不懂得他们的话。当人们每天跑来排贬另一个人，并且夸扬他自己这一边的时候，一个人怎么能够懂得一点事呢。

可是当李斯特拉特嘲骂彼得·伊凡诺维契的时候，她却喜欢起来，虽然同时她也战栗起来了。那位肥壮的彼得·伊凡诺维契好像命里注定了永远做她的主子，永远永远地。阿克辛尼亚的孩子们仿佛被判定了替他劳役，李斯特拉特在他压制下过了五年，她的女儿阿克须特迦替他打扫地板。

"所有的农民都欠他债，"她用一种恐怖的低语向李斯特拉特说，"只要他高兴，他就可以把全村人扼死在他的手里——像这样的。"阿克辛尼亚紧握着她那有着硬膜和蓝脉的瘦赢的拳头。

李斯特拉特半讽半嘲地看着这个曲缩可怜的身形，想起许多年前怎样在一个阳光充裕的早晨，她带着他——那时他还是一个小孩子——到彼得·伊凡诺维契那儿去。彼得·伊凡诺维契，块头很大并且形容严厉，站在房前的台阶上，并且几乎没有听见阿克辛尼亚的哀告，请他收留下她的儿子，把他养大成人。他只用低音哼哼道："这一点也不合算。想一想只他的口粮就花费我多少哇。好吧，让他留在我这儿吧，你太穷了。上帝说我们不应该忘掉了叫花子。不过这孩子已经能够照料他自己了——我很郑重地这么说！如果他依然淘气，我就要狠揍他，揍得他不能够坐下去。"

回想到这一幕景象，李斯特拉特厌恶地蹙着眉头，他的脸孔抽搐着。

"如果你把他抓在拳头里，从彼得·伊凡诺维契身上就会流出脏东西来。"他说，"从他身上会渗出臭东西来，而你闻见它就高兴了？你去为你自己找一个主子，而他们却随便让你干吗就干吗。"

楞迦半醉了，还不断地从齿缝里啜饮着伏特加。李斯特拉特很技巧地替自己卷了一支烟卷。

"在斯托罗折夫的部队里你们还有好多人吗？"李斯特拉特问他的弟弟。

楞迦惊了一下，做一个狡猾而浅淡的笑容。

"瞧见吧，妈妈？他真聪明，不是吗？想趁我喝醉了的时候把我作成一个奸细呢。不过他可是大哥呀。"

李斯特拉特愤怒地看了他一眼。

"你们干吗杀害人民呢？"楞迦喊道。

"并不是我们生事，你这小狗仔，"李斯特拉特说，"那并不是我们发起的，那都是所有你们那些彼得·伊凡诺维契们干的。他们吓掉了脑袋，起始用他们的肚子思想了。他们嗅出来了，那些狗们，他们知道那是他们不正当的获得的下场头。他们想打仗，好吧——现在我们已经打起来了——那就不要诉苦。我们本来只想从他们身上敲下一些脂肪来，可是现在非等我们抽尽他们的臭血他们是不会甘休的了。"

李斯特拉特用拳头打着桌子，把自己弄伤了，可是他却越发气愤。

"呸，鬼头，"楞迦大叫着，被他哥哥一场激烈的话激动了，"他自己觉得是一个演说家呢。等着吧，看你说到没有可说的时候你怎样说下去。你们惯会抢掠了人民，反而说你们是为了穷人的。"

头也没回，李斯特拉特就问："那么你们是为了谁呢？你说你们也是为了穷人的？"

"对啦，一点不错。我们都是为了穷人的。"

"那么彼得·伊凡诺维契也是为了穷人吗？"

"啊，你总是弹这一根弦子——彼得·伊凡诺维契，彼得·伊凡诺维契！彼得·伊凡诺维契并不是首领哇。首领是安东诺夫！他曾受过苦刑，他从前在西伯利亚待过。"

"安东诺夫也有一个主子，他的主子就是彼得·伊凡诺维契，"李斯特拉特又向楞迦眨一个眼，"那些彼得·伊凡诺维契们锁住你们的安东诺夫像锁一条狗，一直到用着他的时候。现在他们让他松懈下去，让他去打苏维埃政府，就是这样。安东诺夫，真的！如果没有富农和你这样的混蛋，你们的安东诺夫好干什么呢？"

李斯特拉特喷着鼻气，喝完他的伏特加，把剩下的盐渍黄瓜搜在手里，往嘴里送。之后，带着笑容，他用一种淡漠的口吻说："你还记得他怎样地毒打你吗——彼得·伊凡诺维契？当他在李子树上抓住你的时候，呃，后来母亲也为了你的偷盗打过你。那时候我不是告诉过你，挨打的时候把脊背给人家打吗？呃，你是怎样地给人家拿鞭子抽啊！"李斯特拉特笑了，"他们依然喊你作'挨鞭子的'吧，我想？"

"不劳你多管！"楞迦说，面色绯红了。

"挨鞭子的！哈哈哈，"李斯特拉特咆哮着，"多么笑话！彼得·伊凡诺维契可以踏在他身上搂他。可是现在，楞迦却替那个家伙争取更多的自由了，啊哈哈哈哈！"

"不要再惹我!"楞迦喊抓住他的来复枪,"不要再糟蹋得我体无完肤,不然我就要打得你气也喘不上来了。"

李斯特拉特突然感到替他弟弟难过。

"好啦,这已经够多啦。你多么容易动火呀,总之,你还不过是一条小狗!你应该结婚了,你这小狗子。而不应该去打仗。"

"那正是我想要做的——得结婚。"楞迦凄惨地说。

"你真的那么说吗?妈妈,我们的楞迦想要结婚了呢!"李斯特拉特的语调变得温存一点,和蔼一点了,"跟谁呢,楞迦那个女孩子是谁呢?"

"福罗尔·巴叶夫的纳塔沙,住在格里亚斯诺惹的。"

"噢,我晓得,我晓得。"李斯特拉特骄傲地说,"那是一个漂亮的女孩子,妈妈,并且福罗尔也是一个稳重的庄稼汉。"

"我想回家来跟妈妈谈一谈这桩事,"楞迦增添说,又羞红了脸,"我想把她弄到这儿来,她也懂得家庭的道理。"

阿克辛尼亚笑了,敲着自己的鼻头,又哭了一阵。李斯特拉特抚弄着她的头发,用胳臂围抱住楞迦,把他抱得离自己更紧一点。

"娶了她,娶了她。"他温柔地说,"也许我们马上就打完了仗,而一切事情都会安定下来了。现在让我们去看看马匹吧,孩子,已经是我得走的时候了。"

一条牛犊正在残坏了的牛棚里嚼草。那两匹上着鞍子的马安详地并排着站在那儿。

李斯特拉特拍拍楞迦那匹灰色的斑马,说:"瞧有工夫的时候你也不替它洗洗。像你这样地糟蹋一匹马,就应该让你自己也发了霉,或者更坏一点。它在一个农家真是一件宝贝呢。如果你想让它耕地,譬如说,你瞧它真是一棵摇钱树,它足足可以做两匹牲口的活儿。"

当李斯特拉特谈到耕种的时候,他的语调变得有点儿温软而且亲切了,就仿佛真个要起始耕种似的。楞迦觉到李斯特拉特在恋念着田庄的生活，而他自己也渴望着在露水浓重的早晨跟在犁头后面，缘着沁凉的翻起来的田沟走去。

"干吗人们一定要打仗呢？"他低声说。

"去问你们自己的人——问他们自己感觉到自己在做些什么？并且问他们在打谁？而你也正像他们一样的是一个大傻瓜，总是说你们那句话'我们是为了穷人的'。"

"我的确是为了穷人的。"楞迦坚持着。他想让李斯特拉特说一些没有说过的，或是没曾说得清楚的然而却是非常要紧的话。

"傻子，你也许是为了穷人，可是你还没有走上一条对的道路。"李斯特拉特笑着说，亲昵地拍一下弟弟的肩膀，"如果你当真为了穷人，你就应该来跟我们一道。在你们队伍里有多少穷人呀？算一算。"

楞迦并不回答。他望着李斯特拉特敏捷地调好马鞍，松一松马肚带，并且用一只熟练的手摸一摸马的肚子、胸膛和腿。

"一片头等的马肉，"他说，"一匹顶好的马。我自己真不在乎跟你交换了呢。"

现在楞迦想替他哥哥做点什么事，于是他就冲动地说："让我们换了吧，李斯特拉特迦！你把你的给我。我只不过白白糟蹋了这匹母马，可是你也许会把它保持到和平的时候。"

李斯特拉特轻蔑地望着他。

"我的天，你是一个什么样的兵士。哎，一个人怎好换掉他的战马呢？我已经骑熟了我的牲口，我们再也不能分离开了。它懂得我透彻而又透彻，不要告诉它就晓得我要干吗——可是你偏要交换，他们怎样教出了你这种晕头汉来？"

这一来楞迦忍耐不住了，吼道："啊，你怎么总是排贬我们呢！你为什么老是想把我看成一个傻子？"

"我排贬你们，"李斯特拉特严肃地说，"因为你们是一堆混蛋。你们觉得你们是打谁呢，我来问你？哎，你们的队伍克服了这一省，也许你们再克服两三省，可是我们还有五十省呢。我们不想流血，我们等待着农民们看出来你们要做些什么，看出来你们原是一群狼。等待我们来把你们摧毁了，那时候你们就会放声哀嚎。"

楞迦又愤怒地大吼一声，吼声惊得正在嚼草的牛犊停了一刻，李斯特拉特的感觉灵敏的马也竖起了它的耳朵。

"对了！你们摧残人民是挺好的！"

"啊，滚吧。"李斯特拉特厌烦地驳斥着，"如果人民都像你们那样一点也受不到摧残的话，他们早就替我们造作一个万般苦楚的地狱了。"

"你不是打算笑笑就完事啦？"楞迦喊着说，面色绯红了，"现在不准开玩笑！你老是拿我开玩笑，可是你不曾告诉我，你们为了什么打仗。你们是为了什么目标呢？"

李斯特拉特从槽里抽出一棵草来咬嚼了一会，这样郑重地说："这倒是真的——我从来没有说过我为了什么打仗。我想我们俩是从一个窠里出去的，所以知道的事情也差不多。不过就是在从一个窠里出来的雏子中间也仿佛还有一点不同。我们的欲望很多，阿历克西·格里高里哀维契。我是一个无知的家伙——我既不能读书又不能写字——让我全都讲出来真是一件不容易的事。不过你看见你的母亲淌了一辈子眼泪吗？你！我们得把那些眼泪搜集在一个桶里，把彼得·伊凡诺维契淹死在里面。那么他的种子就再也留不下一点了。懂得吧？"

"那么我们呢？"楞迦问，"我们也去找一个桶吗？"

"你干吗要那样呢？你就像瞎眼的猫仔一样——嗅来嗅去，总是给打回角落里。事情就是那样。"于是他增添说，"好吧，现在，楞尼亚，我们已经谈了一会，这已经是我们得走的时候了。告诉我，这一带有你们的人吗？"

"彼得·伊凡诺维契到折尔芹迦去了，"楞迦回答说，"绕着莫尔昌诺夫农庄走，那儿的路很好走。"

兄弟们回到家里，一面走一面扣着皮带。楞迦羞红着脸，从裤袋里拉出他的手枪来。

"哎呀，你这流氓，"李斯特拉特瞧见了，"看见吗，母亲？这个丑笨蛋可把我吓坏了，他总是把他的手枪顺手放在口袋里，时时刻刻的。"

楞迦勉强地笑一笑，说："哎，谁晓得你会干些什么呢？你说了许许多多，你答应了不碰着顺从了的人，可是只要一，二，三——你逮住一个家伙，你就把他拉到墙边去了。"

"以后你自己去瞧吧。"李斯特拉特说，转动着他的眼珠子，"也许他们向你造谣说我们逮住人民就靠在墙上枪毙吧。"

楞迦笑了。

"你别打算欺骗我。我晓得我自己应该走的路。"

"呃，小狗，"李斯特拉特亲昵地说，"世界上有多多少少的道路呢，楞尼亚。有的直，有的弯曲……好吧，我要走啦。再见，妈妈。再见，楞尼亚——如果我们碰巧在打仗时遇见了，可不要发疯呀。一个人在战争里是很容易头脑昏热，不晓得谁是他的亲骨肉的。"

李斯特拉特笑了，可是他心里闪起一个想头："是他那么年轻，这小狗子。他就要毫无代价地给糟蹋了。"

他们的母亲站在门限旁边望着他们，直到急飞的雪片把她的儿子们遮得看不见了。

两兄弟一同骑着马，直到河旁。于是他们互相望着，笑一笑就分别了。一团灼热的什么涌起在楞迦的喉头，他的心紧缩起来。

他骑着马慢慢地向前走去，深沉地感叹着他跟他哥哥的这一场聚会。

他觉得仿佛有些什么东西在他的心里燃烧起来。现在，他想，他简直不能对农民们讲解安东诺夫的教训了。

就拿彼得·伊凡诺维契作例。楞迦跟他在一块混得太久了，以致他已经习惯了他的粗暴，觉得那是做主子的人所应有的了。不过当他母亲告诉了他关于面粉的事，一种新的感觉就起始在他心中搅动。当他愤怒地想起那个黢黑的高个儿大声喊着他母亲的名字故意要给邻居们听见的时候，他的脸都气红了。

于是楞迦记起他怎样加入了安东诺夫，在以前他从没想到过这件事，他毫无目的地就那么做了。那在他看来好像是一件正当的事。追根究底，他从幼童时候就进到彼得·伊凡诺维契的家里，并且自从七岁起他就替他做一名农庄上的小工了。所以当彼得·伊凡诺维契加入了安东诺夫时，他就把他的侄子和朋友都带了去，楞迦也跟着他们，糊里糊涂就去了。他现在不想再想到这件事，可是他不由得总是想到它。他不能把李斯特拉特的话清出他的头脑以外去，那些话非常简单，然而却刺痛了他。

"糟心，"他说，"只要我把他打死就好了！"

他四望着。遥远处可以看见李斯特拉特骑着马走向莫尔昌诺夫农庄去。楞迦站在镫上，瞧见他哥哥跳下马来在鞍子上弄着什么。李斯特拉特站了一会——想着，很明显地——于是做一个姿势好像表示他不管了，拉住马勒慢慢地向前走去。

"他断了什么东西吗？"楞迦奇怪着。他就要去追他的哥哥了，那时候他突然看到在远处有一群骑马的人。他认出他们是他自己的队伍，斯托罗折夫骑着他那匹偏秃的母马走在前头。

"他们来追赶李斯特拉特迦了，"他想，"如果他们逮住了李斯特拉特迦的话，他们就会把他杀了。"

他的心又紧缩起来。他用踢马刺刺着马冲向前去迎那一支队伍。

斯托罗折夫拉住马，瞧着楞迦，犹豫地动着嘴唇问道："你干吗在这里闲荡？"

楞迦觉到自己的怒气增长了。

"你亲自打发我出来的，"他咆哮着，"你嚷嚷些什么呢？"

斯托罗折夫猛烈而不均匀地呼吸着。马都流着汗，他们显然是跑了很久。人们一定是急于要到一个什么地方去。他们都喜欢停一停，点起纸烟来，奇异地望着楞迦。

"李斯特拉特在村里吗?"斯托罗折夫问。

"正是这么一回事，"楞迦心里想，突然——感觉到自己好像变成了一块石头似的——他回道，"是的，他刚才在我母亲家里。"

"你也到那儿去了吗?"

"是的，我也在那儿。"

"嘻嘻，阿历克西·格里高里哀维契，那么你跟你的哥哥会面了，不是吗? 你们分别时也互相吻着吧，我想。"

"我们不必在家里就互相开起枪来，是不是? 像那样的一个地方也就太不宽敞了。"楞迦重复着李斯特拉特的话，"我们争吵得够凶呀!"

"他到哪儿去了?"彼得·伊凡诺维契漠然地问。

"谁? 李斯特拉特迦吗? 他到格里亚斯诺惹去了。"

"他没有撒谎。"斯托罗折夫决定了。于是他赶紧命令道:"现在，孩子们，到格里亚斯诺惹去，也许你们会捉到你们想捉的鸟儿，我要从村子里过一下。你跟我来，楞迦，让你去追赶你自己的亲哥哥是不行的。"

他们在寂静里走着。用想象的眼睛楞迦看见李斯特拉特牵了马顺着路慢慢地走去。

没有转回头来，彼得·伊凡诺维契问道:"你的母亲还活着吗? 还那么终日嘟噜吗? 她预备什么时候还我债呢? 顶好是快一点。"

楞迦什么也没有说。

"你听见我跟你讲的话了吗? 你们尽晓得借，等到要还的时候你们就只会搪塞。"

"喂，如果你有了那三蒲特的面粉你就会暴富起来吗?"楞迦非常粗鲁地问。

"你说什么?"斯托罗折夫问，收住了马缰。

楞迦赶到斯托罗折夫面前，直冲着他的脸。在遥远处他可以看见那支军队奔驰着，卷在一重雪的帐幕里。

"我说什么就说什么。"楞迦气愤起来，"你太贪心了！你不应该那样地去糟蹋一个老太婆。你应当对人有一点儿怜悯。"

"对啦，我应当怜悯你们这些狗。"斯托罗折夫说，他那刮得很干净的两颊抽搐着，"我怜悯了你们，那么一有机会你们就可以绞我的脖子。在一九一七年我们怜恤过你们，而现在我们就制服不下你们来了。"

他用颤抖的手指在口袋里瞎摸着，掏出他的烟袋来。当他卷起一支烟卷来燃着了火，他声音拖得深长地说："人民不需要怜悯，而是需要教训。"

"谁让你当他们的教师的？"楞迦高声粗鲁地问，"教师，简直是！红军把像你这样的教师成打地靠在墙上，让你别再教训了。"

这一来斯托罗折夫气得喘起来了，他的烟卷掉到嘴外去，嘴唇突然痉挛地扭歪着。

"啊哈，你这混账！"他詈骂着，"听了你哥哥的话了？你还没有挨够鞭挞呢。来，挨一下！"

他举起鞭子在楞迦的脸上从眉头到下颏抽了一下。于是他拨起马缰踢一下马就跑向前去了，一面向身后詈骂着。

"你现在也许更聪明一点了，你这混蛋，挨鞭子的！"

"挨鞭子的！"在楞迦心里一闪……他记起小孩们曾经怎样地跟在他后面喊着："嘿，挨鞭子的，嘿！"

依旧蒸腾着兴奋的感情，他从后面狞视着斯托罗折夫。想道："有一天我会面对面地碰见你，把你揍死。那就是你的下场头！"

于是他的兴奋突然冷下来了。他觉得更舒适了一点，更自由了一点，那个曾经搅扰过他的问题已经给他很简单并且很快地解决了。

"肮脏的猪猡！"他喃喃着，擦着他脸上的血，"他给我打开了一个多么厉害的伤口。好毒辣的手哇……"

那天深夜里，楞迦在莫尔昌诺夫农庄上追上了李斯特拉特。

"呃?"李斯特拉特严厉地问,看见了他弟弟脸上的红色的条纹。

"让我们走吧,"楞迦用一种低哑的声音回答说,"我自己已经没有主意了。"

当楞迦跟李斯特拉特望见打谷仓的时候,一片暗淡的曙色已经浅浅地染红了那灰黯的云雾。它眨着一颗红眼睛望着他们,引他们到切望着的休息的地方,而今已经近在目前了。楞迦骑着马悄悄地走在李斯特拉特的前面。李斯特拉特自己笑着,捋着他那银灰色的胡须。

"你是不是受了惊吓了?"他问他的弟弟。

"没有,"楞迦回答说,"反正结果总是一样。"

"你为什么不把他杀了?"李斯特拉特问,"让我就不会白白地放他过去。你还可怜他吗?"

楞迦跟李斯特拉特的马并列在了一起,解释道:"我不想杀死他,李斯特拉特迦。我不想从后面暗杀他,我想捉住他。等真的把他捉住了,我就眼瞅着把他枪毙。我想在他临死的时候能够直瞅着他的眼睛。"

李斯特拉特温和地笑了。

"你还不过是一个小羔子。"他想,"你还得别人好好地照顾呢。"

……现在打谷仓已经隔得很近了。楞迦勒住他的母马,摘掉他的帽子,他把来复枪、手枪和炸弹,交给李斯特拉特。

"你拿着这些东西,"他用一种低哑的声音说,又增添道,"李斯特拉特——捆起我的手来,为了基督的缘故,我恳求你——捆起我的手来——不然我就要受惊——我就要回去了……"

李斯特拉特瞧见他那双恳求的严肃的眼睛。他从口袋里抽出一条皮带来,把他弟弟的两只手紧紧地捆在背后。

"预备好,"他说,"这就要走了。"

"走吧。"楞迦嬉笑着,用马刺踢一下他的母马。

十

安东诺夫的冬期军务很成功地结束了。他切断了撒拉托夫、巴拉舍夫和加米辛——最好的产粮食区域——跟莫斯科和塔姆包夫中间的交通，搅扰东南铁路上经常的贸易，不止一次地把火车弄出了轨，在战争里占领了这省里最大最富的一个庄子，拉斯加撒窝，搜掠了它，把盐、煤油和衣料分散给农人们。又一次地，他简直要逼近塔姆包夫了。

这一个春天很适宜于安东诺夫的目的。到处都是大量的水，道路都在一种极可怕的情形之下。

这一春的河水都泛滥了，雪在温煦的阳光里很快地消融去，遍谷里急响着细小的水流，而当冰冻起始解冻的时候，河水就升到一个从未听说过的高度，泛滥到田野村落和孤独的农庄里去了。

恰像一条充溢的河流，叛变也泛滥着，远远地展延出去，仿佛那古老、和平并且静默的生活已经决口。普鲁日尼考夫和伊洵有时候整一星期不得睡觉。他们骑着马到村庄里去，成立委员会，组织军事情报机关，截取红军的给养。

"布尔什维克们喊着说战事已经结束了，布尔乔亚已经一败涂地，而现在剩余下来的就是攻打我们了。但是，如果战争真的完结了，为什么农民们感不到较前舒适一点？他们的粮食税律为什么不实行开去？对了，让我们承认过去的粮食都跑到军队里去了，可是现在哪儿去了呢？现在，弟兄们，粮食到城市里去了，因为工人们罢了工，工人们罢了工，工人们在一种非常糟糕的情形之下，工人们会比我们更快地暴动起来！那么他就得闭住嘴巴，他们压榨了农民，于是又会打起仗来——永没有完结。"

农民们骚扰不安。正在这时候，传来了克隆斯达德兵变的消息。

在三月十五那一天，一个信差疾驰进卡门加来。他的马累得摇摇欲跌的，刚到司命部的台阶就跌倒了。骑马的人面孔苍白着，走起路来一摇一晃的，他的衣服上罩着污泥，几卷缠结的黄褐色的头发从帽子底下伸出来。

他递给安东诺夫一封高尔斯基写来的信，安东诺夫就对着一群赶忙召集起来的头目朗诵它。"三月二日，在克隆斯达德，一些宣布了自己不受统治的水手，红军军人和工人们成立了一个暂时的革命委员会。珂斯洛夫斯基将军（一个甚至管辖到这一带地方的将军，安东诺夫心里一想）握住了防卫堡垒的司令权。变兵们要求召集国民大会，成立非共产党的苏维埃，以及私人经商的自由。他们已经派遣伏罗希洛夫和杜哈契夫斯基领着军队来扑灭这场兵变了。"

"我曾在克隆斯达德待过。"安东诺夫喊着，"他们永不会攻下那地方。那些私生子们永打不过水手。骑着马到四乡里，孩子们，把消息广播出去吧！"

村庄里警钟敲响着，把人民号召到一起，乡野里遍传着这样的话："彼特罗格勒是我们的了！共产党完蛋了！"

在塔姆包夫附近的村庄里有着如许的闲暇的节日。人们穿起他们顶好的衣服来在街上溜达着。手风琴和彩衣都出现了，一股浓重的自蒸伏特加的气味弥漫着。在那些日子里,人们成加仑地喝着酒。

"不要再储藏粮食了,现在整个的俄罗斯就要变成我们的了!"

村里的女孩子们摇着肩膀,放纵地顿着脚唱道:

"啊,亲爱的女郎,听我说今天的悲伤,

我那漂亮的情人儿跑去了远方,

跟水手们去到海上。"

接着就有另一个人回答道:

"啊,亲爱的女郎,听我说今天的消息,

它会使你把眼泪挥弃,

我们的水手替我打平了整个的俄罗斯!"

当庆祝的狂热达到了极点的时候,一个叫作布拉日尼的水手跟他的几个朋友到卡门加来了。他们都穿着海员的装束——戴着长飘带的帽子,肥裤子。喝得烂醉,呲着牙骑在雄赳赳的马上!他们慢慢儿在村里走着,挥舞着他们的马鞭子,跟女孩子们调笑着,叫嚣着下流的曲子。在赛里弗斯特·彼得罗维契的院门口,他们给伊利亚喊住了。

"我父亲请你们进来吃饭!"

布拉日尼大惊小怪地,最初还客气了一阵,不过事实上却赞成了,于是一群人走进房子去。

赛里弗斯特穿上他那蓝色的短袄,在胸上挂起他的奖牌来,表示他并不是一个无名下士,却是一个曾跟着村里的长辈去见过沙皇,并且受过皇家奖誉的人。

他的靴子吱吱地响着,发着一股胶皮的气味。他教他所有红面颊的温柔的女儿和儿媳妇在桌边坐下来。水手们坐在她们中间,挤得紧紧的,抚摸着她们的大腿,一面淌着汗。

赛里弗斯特举起第一杯酒来。

"让我们喝一杯庆祝自由吧,水手们和弟兄们,"他用一种油腻的腔调说,"永远永远的自由。"

"hurrah!"布拉日尼嚷着,捏一把伊利亚的老婆。她叫起来,可是伊利亚只蹙一蹙眉头——一个人对于一位光荣的宾客能说什么呢?

"克隆斯达德是一个什么玩意呢?"布拉日尼吹嘘着,这里必须表明,他从没到过克隆斯达德,并且从来就没有当过水手。

"那是一个堡垒!一个堡垒!"他继续说下去,"那里的孩子们统统是我们自己的血肉啊。"

"我们不能让它那样!一,二——我们就把整个的俄罗斯送给魔鬼去。三——就什么都没有了。那就是你的克隆斯达德。"他结束说。

他现在喝得酩酊大醉了,这已经是他喝过酒的第五或是第七个村庄。布拉日尼用两臂抱住伊利亚的老婆哭了起来。

赛里弗斯特吃了一惊,同时也觉得受了侮辱,可是水手们却依旧推他拉他,他们都要他跟他们碰杯,还要他吻他们。赛里弗斯特本来已经喝得太多,现在喝得越发脸红心乐了,他开始跳舞。

好奇的邻居们从窗子里瞅进来,男女孩子叽叽咯咯地傻笑着,在窗格上把鼻子都挤扁了,都在望着里面的情形。

"在这样的一个机会,"赛里弗斯特喊着说,"我们应该做一做祷告。"

"把你的牧师抓过来,"布拉日尼叫着,醒过来了,"我要把他做成肉酱,那个鬼胡须。让他念葬经吧,上帝帮助他。"

他们打发一个骑马的人去找牧师。斯台潘神父马上就到了,他是被那个赛里弗斯特派去找他和教会执事的骑马的人用鞭子赶着来的。

斯托罗折夫也来做祷告,像往常一样的庄重高傲。他跟斯台潘神父还有教会执事在一起低声商量了一会,不晓得他们应该提及哪个政府,并且怎样祈祷。

斯托罗折夫对于宗教上的事是很在行的,马上就制造出祷告辞来:"那些人们都是英雄,安东诺夫和他武装的弟兄们"和"我们无畏的农民军"。

在祈祷中间，布拉日尼粗声嚷着，简直像在唱一个什么曲子了。牧师挺不高兴，不赞成地摇着他的脑袋。

祈祷完了以后，水兵们过去吻那十字架。布拉日尼几乎要吐在斯台潘神父的法衣和袈裟上，然而他却当真拥抱住他，喂他酒，一直到牧师在桌子底下睡熟了完事。夜里，水手们在村里游荡着，砸破了几扇窗子，鞭挞了几个人，殴打了几个女孩子。傍明天时，人们发现水手们给打得几乎要死了，布拉日尼躺在那里脑壳破裂了……这就是一场狂欢的结尾。

那些日子在卡门加生活是愉快的。有一次斯托罗折夫偶尔向司令部里面瞅了一眼。

他所瞧见的使他很不痛快。安东诺夫坐在一把安乐椅上，上衣解开了，脚也赤着，他的头发散乱着，他那红肿的眼睛带一股疯气。

他面前站着一个在卡门加附近被沙菲罗夫打了一顿的团里的军官。

"你想干吗呢，呃？"安东诺夫问，打着嗝，"来，吻一下我的脚，我就让你回家去。真的，没有错儿。"

"我想死，"那个人用一种困倦的低声说，"如果你高兴你就把我杀了，可不要拿我开玩笑。"

那个人高个儿，瘦瘦的，没有刮胡须，面带血污。他的大鼻子挤缩了，好像一具死尸。

"让他永辞人世吧。"伊洵说，大笑着。

赫尔曼正在唱一个粗野的歌。只有普鲁日尼考夫在那里狡诈地看着这幅景象，因为他喝伏特加喝得太多了，眼睛都闪着油光。司令部里的将近二十个人全在喝酒，互相接吻，吵闹着。连房子都闹得当真要动摇起来。托克玛考夫不在这儿：他跟着军队到东方去了。

"不能这个样子，亚历山大·斯台潘诺维契，"斯托罗折夫说，"人们简直太胡闹了，他们一点不能检点自己不正当的行为。他们就为了这么些龌龊事糟蹋了一个水手，你怎么办呢？"

"住口，你这猪猡！"安东诺夫喊着，想站起来。

"让他们俩一同长辞人世吧，"伊淘嚷着，"他太聪明了，那白头的老鬼。"

于是斯托罗折夫走到那个瘦长子前面，拉出他的转机枪来，在安东诺夫面前晃一晃。

"半晌我就可以打出你的肠子来！那么，放下你的枪吧。"

伊淘高声大笑着。

"走。"斯托罗折夫跟那个军官说，面孔气白了。他领他出去，在花园的棚子后边把他枪毙了。

克隆斯达德的兵变使安东诺夫的脑袋转了方向。他发明了许多出人意料的计划，毫不注意已在开始的抢掠的事，却只跟托克玛考夫、普鲁日尼考夫以及别的朋友们争吵，每当他们警告他大祸将近的时候。

他变得很专制了。现在他打算把自己当成一个全国叛变的领袖。

他接近一些可疑的角色，关于那些人有许多不光彩的事情谣传着，安东诺夫教他们做团里的军官。他收留下所有高尔斯基送给他的人，那都是从苏维埃政府统治之下逃亡出来的。这些非正式的官儿们包围住他，强迫他任命高尔斯基的亲戚，一个就要到卡门加来的好流口涎的将军做军部的首脑。作为反抗，安东诺夫回答道："已经蛮好了！我现在已经在这里指挥一切了！"

有一次在跟普鲁日尼考夫的谈话中间，安东诺夫轻蔑地说出来："你们，如果没有我，你们哪一个能行？是谁指挥一切的？写写字，讲讲话——那算得了什么?！我是人民军的指挥者，我想请你们少说话。"

一个星期之后，村庄里听到勃罗底海舰的事件了。斯托罗折夫越发胆壮起来。他到德甫里基来，召集了一个村民大会，且称如果有谁敢耕种列毕亚致湖畔他那几亩地的话，他就亲手把他枪毙。农人们静静地听完他这短短的演说就散了。

土地又属于彼得·伊凡诺维契了。他又预备种子，端详着，挑剔着，把它们吹干净，整理好犁子，修理了大车。他忙碌地工作着，一面喊着他的儿子们，当他们在他看来在准备春耕上有点儿迟缓了的时候。

他还不能十分相信土地又是他的了。他赶紧下了种子，向世界上一再地说："这可是我的地呀！我买的呀！我在管理它。别碰着我的地。"

他一想起也许会有一个生人跑来站到那块地界上，从斯托罗折夫跟他的家人手里抢走那块地，并且把自己当成地的主人的时候，他就简直要发疯了。他越替他的地担心害怕，他对于那些想来打捞这块地的人的憎恨就更加猛烈并且难以抑制了。

那些日子里，他像一条饿狗，当人家把一块好吃的肥肉骨头从他嘴边抢走的情形一样。

只要可能，他宁愿永不离开他的土地，将来死在这儿，一直保持着他的田园。他那下了种子的沃土，他那种种子的权力，向贫弱的人们发命令，有势力，变富。在河岸上埋下卢布和戈贝克，收买新的产业，新的牧场。

那里就是，他替他自己弄下的土地。他现在已经替自己争取了势力和尊敬。人们都害怕他，当他走近他们的房子时，谈话声就会停下来，人们都嫉妒他……

然而他的权势却不是永恒的。

"他们会从北方来。"他自己想道，"人们从北方，从莫斯科来抢我的土地，我的权势，正如他们抢走了我的小工楞迦一样。他们要来摧毁我的势力，使别人来压制我，压制我们这些斯托罗折夫们。他们要抬举起一些破衣褴褛的乌合之众和所有住在'混人的末路'上的家伙——米特迦·别斯丕斯托夫或是我的哥哥西芒。那么我就得向他们磕头，成了他们脚底下的人了。我的地也要交出去。"

这想头刺疼他，他的仇恨更大了，他的痛恨永不会有一刻儿冷下来。它使他更加勇毅地去搜寻敌人。他独个儿出去巡逻，或是带着他的几个人，突进了曾经有小队红军在那儿休息过的村庄，盘问人民，枪毙他们，烧掉房子，鞭打那些有跟共产党来往的嫌疑的农夫，在没有参加叛变的村庄里成立起社会革命党的秘密委员会来。

他紧抓住自己的土地，为了保全他的权力而斗争。

十一

现在大地上融去了污黑多孔的残雪。水流潺潺地流过幽谷。河水露出了崖岸。洪水已经过去了。

村庄外面躺着蒸发水汽的黝黑黏湿的田野，农人们望着它想起了过去。去年秋季没有人耕种，现在要耕种却没有马，也没有种子了。长了疥疮的困倦的马在场园里游荡着好像瞎的一样，就连这种可怜的牲口都没有多少了。安东诺夫的军队在扩充着，军营里需要马匹。安东诺夫在撒拉托夫寻马的结果并不顺利，他不得不转回到"他自己的"区域里来。

农民们的情形更糟了，当煽动者们讲解给他们说那是为了农民本身的利益而征收马匹的时候，他们只能歪起了嘴巴。

再也没有军事上的狂欢了。泛滥的洪水退去了，决斗的日子就在眼前。

三月十七日，伏罗希洛夫和杜哈契夫斯基率领着红军攻打克隆斯达德最后的棱堡。

正逢第十次党代会开会的时候，代表们都跑到战士的前面。在一个沁凉重雾的黎明时候，堡子陷落了。这消息传到卡门加时，安东诺夫把他的愁苦淹没在酒里。他从他武装的同志们那儿远远地离开去，常常在树林里坐好几个钟头，想着一些重重地压着他的模糊的事情。

一个星期之后，彼得·托克玛考夫在柴姆黎克附近的一场小战里受了伤，他被带回卡门加来的时候已经死了。他的黄眼睛，他的仄小发蓝的嘴唇永远地合上了。现在他永不会思虑一些什么事情了。

安东诺夫整夜坐在他朋友的棺材旁边。他整日地哭，他的头总是俯在玛路西亚·考骚瓦的膝上。她到底又把亚历山大·斯台潘诺维契赢回来爱着她了，然而他的爱是恶意的。他轻蔑地恫吓她，好像他要把自己遭受到的痛苦都发泄在她的身上。

不过愁苦总须搁起来。他还得想到事业，替第一军找一个新的司令。联盟跟军事司令部里又都剩下一堆浑蛋了。

安东诺夫被第二军司令包古斯拉夫斯基和那些非正式的官儿怂恿着想要任命高尔斯基的亲戚，那个好流口涎的将军，做第一军的司令。为了实现他的主意，他断言红军已经在准备一个决战的举动了，所以在一个军队的首脑地位上，应该安置一个完全熟悉军事的人。

联盟提出反对。在会议里伊洵高声猛烈地反对这种变动。

"这都是些什么鬼东西呢？"他喊着，流着唾沫，"无论在什么地方，只要有一点点事儿酝酿着的时候，你就一定可以找到几个将军。在扎罗斯拉夫，撒文珂夫开始干这种事，随后又有璞尔虎洛夫团长。在西伯利亚他们拉进了库尔察克海军司令，在克隆斯达德，珂斯洛夫斯基将军又突然起来。把他们全下到地狱里去吧……"

普鲁日尼考夫支持伊洵。

"将军们一进来，我们就都给扔出去了。我们管煮，他们管吃。可是你想，我们会容他们一刻儿吗？"

感情激怒了整整一个星期。安东诺夫常常召开会议，却不请一个委员会的人出席。伊洵恫吓说他要发起一个反对安东诺夫的反叛变。

"瞧吧，"伊洵野蛮地叫着，"事情不是可以那么容易了结的。"

然而讨论却出乎意料地截短了……沙菲罗夫枪毙了那个将军，因为那个将军跟一个男孩做一件不正当的事被他捉住了。第一军的司令职被库斯湟涅夫接受下来。

他很快地把大权揽在手里，然而事情却要采取一种恫吓的方式了。没有预先下手抓到的势力都走到一个反对的方向里去了。

十二

二月里，列宁召塔姆包夫省党委会的书记湟姆采夫到莫斯科去。甚至在这以前，佛拉齐密·伊里奇已经在政治局和劳工国防会议的会席上提出剿伐叛军的问题来了。他详细地观察塔姆包夫省事件的历程，读塔姆包夫省的报纸。从塔姆包夫省军事司令部里他接到胜利的报告，告诉他许多战争和胜利。可是叛乱的运动却好像越来越扩大，越来越强烈了，不断地从一些莫名其妙的地方滋生出来。

湟姆采夫到了。列宁跟他不止一次地做长时间的谈话，那个省党委会的书记对列宁述说了现在的情形。

一个命令赶紧取消粮食税则的电报打到塔姆包夫去了。这就是重要的紧急变化的第一声消息，也是党在富农叛变声下掘起第一个地雷。

那时候，有八百多个塔姆包夫的农民囚在莫斯科和塔姆包夫的监牢里。他们为了不同的原因被捕了，有的因为帮忙了安东诺夫，有的因为当侦探，有的因为对苏维埃武装的反抗。

他们中间有各式各样的人，有些人参加了安东诺夫的军队然而不是完全由于自己的自由意志，有些人像瓦西利·包察洛夫老爹——从巴哈列窝来的。老爹之所以被捕的原因是这样的：他是贫农中最穷的一个。他和他的老婆除却一年到头啃白薯而外毫无所有。当安东诺夫到巴哈列窝的时候，他恰巧住到瓦西利的可怜的小屋里去了。这老头子给吓坏了，吻着安东诺夫的手，向他哀告。安东诺夫命令把从共产党们那里抢来的母牛送给瓦西利一条。母牛牵来了。一个星期后，它的主人回来了，就又把它牵了回去。老爹不能忘却这件事。有一次这条母牛的主人——苏维埃的一个分子——正慢慢地逃出村去，那时候安东诺夫的人正往村里开进。他躲在麻地里。老爹瞧见了他，就偷偷地到司令部去把他的仇人告了。那个人就在那地方被枪毙了。母牛呢，自然回不到老爹手里。安东诺夫的人当时并且当场就把它杀吃了。老爹为了这件事被捕，他已经坐了三个月的牢房，他诅咒着自己的贪婪，热诚地祈祷着，诟骂"那个骗子"安东诺夫，因为到头来他也不过是一个骗子。

"轻轻地拖我的腿吧，你这狗他妈的儿子，"他喃喃着，"像我这样一个可怜的家伙，"他喃喃着，"像我这样一个可怜的家伙，啊，我是多么不幸啊！"

有一天瓦西利被叫到公事房里，有人告诉他说列宁想见他。

"哎，我要完了，列宁要杀我了。"老头子浑身颤抖着说。不过管牢人拍拍他的肩膀，安慰了他一阵。

那一天列宁在克里姆林宫里招待了一大群塔姆包夫的农民，跟他们做了一场朴实而诚心的谈话。还有些别人出席了：留黑胡须的健壮的斯大林，戴眼镜的微笑着的加列宁，几个军人，还有塔姆包夫省的书记湟姆采夫。

瓦西利老爹在头发上擦了油，梳得亮光光的，看起来还像个样子，只是仿佛太羞涩一点了，他低声问他旁边的人哪一个是列宁，是不是那边那个家伙呢？他指着一个高大健壮的军官。

"不，"他身旁的人回答，"那一个。"

"唏，你撒谎吧。"瓦西利老爹怀疑地说。

他身旁的人画个十字，发誓说那是事实。瓦西利摇摇头，事情原来是如此呀。好吧，现在你想一会吧！列宁把注意力从桌面堆积的文件上移开去，靠身在椅背上，把拇指插在袖孔里，愉快地笑着。"那是一个狡猾的家伙！"瓦西利老爹想。加列宁说我们要让过去的事过去完事，他说着笑了。瓦西利老爹笑了，觉得更放心了一点。可是他从没把眼睛从列宁他们几个人身上移开去。

一个老爹并不认识的农人，正在谈着苏维埃农庄和从李斯汀堡公爵那里拿来的土地。

列宁记录着。

"事情就是这个样子，米海尔·伊凡诺维契。"那个农人正在跟加列宁平稳简捷地谈着，"你现在问我，什么事情使我们不满意，为什么安东诺夫还能支持下去？好，让我来告诉你。这位李斯汀堡公爵在我们村庄附近有三千个迭斯亚丁的土地，两千个人到苏维埃农庄去了。喂，一点不错，政府需要我们的粮食，我们明白这个。可是公家的农庄却把地糟蹋了，弄得再也不能耕种。结果是别说人吃的捞不出来，就是狗吃的也没有了！白薯又都给我们抢走。他们从我们那里拿走东西，放着，让它烂掉。连盐都没有了。乡下的情形太坏。有一次他们发盐了——绝无仅有的一次。不让有一点穿的衣服，不让有靴子。这么一来，人民就不满意了。而安东诺夫却是一个精明的家伙，他猜出了会发生一些什么事情……"

列宁歪过身去向湟姆采夫问些什么。湟姆采夫掏出一个纸簿，打开来，回答了几句。黑胡须的斯大林倾听着谈话，在一张纸上写着一些什么。加列宁瞅着农民们，他的眼镜闪烁着。他们在一起谈了很久。农民们一个跟一个地发言，诉说粮食税则的不好，解释着他们的烦恼和愁苦，并且说，种地这桩事在他们现在已经是不可能的了。列宁倾听着，转动着眼睛，显然是在心里辗转地想着一些什么。偶尔他跟身旁的人低语几句。将近结束时，他说话了。老爹把手罩在耳朵上倾听着。

"同志们。"列宁开头说。老爹惊异地听出来列宁说话竟是那样的平庸，他"r's"的发音并不十分正确。

列宁说得那样简单，瓦西利老爹竟完全听明白了。他讲俄罗斯历来起过的几种战争，将军们怎样挑起一场战事，结果还是断送了自己脑瓜；粮食税则为什么不能废除；还有关于那个骗子安东诺夫的一切，以及莫斯科的人们怎样地绞尽脑汁来考虑农民们的事。

"好吧，同志们，"列宁说，"我们现在必须设法满足那些依旧不满意的农民们的需求……对啦，像这种样子是再也不成了。"

列宁开始告诉他们党想要帮忙受到战灾的村庄所做的事。

瓦西利老爹愉快地滚动着眼珠子。列宁所说的一切跟他曾经想过的完全一样，不过瓦西利从来不会把自己的思想汇集成那样的一堆。

"我们要拿来代替粮食税则的新税律一定尽可能地定得最低。"

农民们激动了，一种赞成的嗡嗡声从他们的行列里发出来，他们笑了，列宁身边的人们也笑了。于是加列宁插进来说道："你们都可以预先知道你们要拿出多少来交给国家，为了举办学校、军队和医院。"他愉快地笑着。

农民们拍起掌来。老瓦西利也拍，并且从没那么笑过地笑了许久。

"至于剩下来的粮食——那你们就可以随便怎么用了！整理家庭，置办靴子跟衣服。那就完全任你们自己处理了。"

当作结束，加列宁宣布所有的农民都要从牢里释放了送回家去。他请他们回去把他们在莫斯科听见看见的一切告给所有村里的人们。农民们——喜欢、愉快，立刻变得年轻了，又拍起掌来。随后列宁跟他们一同照一张相片。照相的人装好镜头，一个什么机器咔哒一响，就爆发了一阵火焰，吓得老爹猛地颤抖起来。

农民们跟加列宁一同吃晚饭，他跟他们闲谈一些家常。他嘱咐瓦西利老爹说："回到家里别忘记把实情告给农民呀。"

老爹发誓说他一定那么做，之后他突然一下子哭起来了。他想吻一下米海尔·伊凡诺维契的手，然而这却使得加列宁生起气来。

老爹并不即刻回家，趁他的文件和车票都在准备的时候，他就到城里各处去游逛，看看他要买一点什么东西。最后，他回家去了。他带着各种粮税的通告，那上面解释着旧的粮食税则已经废止了，这种新设施的议案在党大会里通过了，此后就照这样子施行下去。

当瓦西利老爹从车站上跋涉着回巴哈列窝去的时候，天已经放亮了。田野里的雪已经融尽，而今晒上早晨的阳光它在冒着水汽，光耀而且新鲜地出现在世界上了。老人直接从春天的水潭中过身，他的新靴子透不进水来。他一面走一面跟他自己嘟噜着，他摘下帽子来四处望望，广阔的——几乎是没有边际的——他本乡的原野在他面前展延开去。

从一个小山到另一个小山，山脉连绵不断地向西方远远地延续下去。这儿那儿可以看见树丛子的鲜明的轮廓，在瓦西利立脚的山底下一条小河弯弯曲曲地流出来。鸭子们在沼塘里嘎嘎地叫着。瓦西利从他立脚的地方可以望见灰色低矮的村礼拜堂，有着金黄色的十字架在阳光中闪耀着。他跪下来，画个十字，吻着他家乡的土，于是赶忙向家里走去。村里人刚刚醒来，炊烟开始从烟突里缭绕着，良好的管家妇已经起来忙着活儿了。

突然，在早晨的寂静中，警钟响起来了。

瞌睡的农人们一面往外走，一面扣着衣服的扣子，赶到街上去。空气是清爽的，照耀着温煦的阳光。

村里的长辈们带着焦虑的心跑到礼拜堂去。又出了什么新的岔子吗？这一次敌人又开到哪儿了呢？

可是在钟楼上，他们却看见了瓦西利·包察洛夫的秃光的脑袋。他喜滋滋的，显得年轻了好多。他手里挥动着一张纸片，不停地喊着一些什么，喜欢得连话都说不出来了。他想吻他们所有的人，拥抱整个的世界。这些惊呆了的人们听着瓦西利讲话，简直不能相信自己的耳朵了。

他们当真又可以自由地耕地，下种，收获，纳税并且把剩余下来的自由处置了吗？这就是倒霉时期的结尾吗？商店跟市场又要开张吗？这就是说争吵跟打仗已经可以结束了吗？

"列宁他自己就只穿着一件普通的紧身，他是一个红头发的家伙——他们都是那么朴实。他不是那种骗人的人。他永不会欺骗你们，永不会，我看见他就像看见你们一样的平常。"

他给大家看他的新靴子、裤子和短棉袄。村学堂的教师跑到廊子上去宣读瓦西利随身带来的纸片，那里面说到租税，也说到安东诺夫。

一天到晚他们谈着租税，私人经商和新的生活，第二天还是谈着。安东诺夫委员会里的人，苍白而战栗着，不敢再出头露面，民团也不见影子了。

瓦西利被每一家待如上宾。带着他的老伴儿——加列宁送给她一条围巾和一双鞋当作礼物——他在村子里走着，一遍又一遍地描写着他跟列宁的会见，列宁的和蔼的演说。在别的省份里事情都是安静的，他说，好像没有起什么叛变或是战争。

可是在星期日的一早，斯托罗折夫出现了，他狼似的在场园上嗅着，搜寻老瓦西利带回来的纸片，然而一张也寻不到。于是他轮流地拷打人们，最后，他走了。照着安东诺夫的命令，他把瓦西利带到卡门加去。

十三

安东诺夫早就知道老瓦西利干的勾当了。他怎样地敲了警钟，鼓动起农民来，发给他们关于租税和自由经商的纸片。

瓦西利在晚间被带到卡门加来。

这个伛偻的老头子撅着长胡须毫不惧怕地去见安东诺夫，摘下帽子来鞠一个躬。

"就是你去见列宁的吗?"安东诺夫问，玩弄着他的鞭子，"告诉我们他们给你什么吃喝，并且花了多少钱收买了你?"

"用好心和真理把我收买了，"老头子愉快地回答，"我得告诉你亚历山大·斯台潘诺维契，他们全是非常和善的人——列宁，加列宁跟余下的人们。他们指出了所有我们糊涂的地方。"

"你已经扯得够了。"安东诺夫喊道，"他们骗了你了，你这傻子，你就听信他们了。"

"唉，他们怎么能够欺骗我们呢?"瓦西利又说下去，他有点发火了，"我们回来的时候，一路上看不见一点叛乱，只看见人们都整好犁子准备春耕了。一提起你的名字，他们就大笑着说，他们从没听见过那么一个土匪……"

安东诺夫不说什么，只是直瞪着那个老头子，那个也静静地站在那里，直瞅着他的眼睛，眼都不眨一下。

"是你带来了一张纸吗？"

"对啦，那里面告诉你粮食税则就要结束，而那些中产农民——既不穷也不富的——得要留心提防了。"

"拿过来！"

瓦西利从胸上小心地抽出一片纸来。印刷的字迹已经模糊了，几百人读过了它，几千只手拿过它——那片灰色的纸。

安东诺夫读着列宁关于粮食税则的讲演的节录。"你这狗他妈的儿子，"他喊着说，"他们把你骗了。他们已经骗了你十六七次了，他们还骗你。真的，你不会相信他们吧，老爹？"

"主保佑你，你在想一些什么事呢？"瓦西利叫着，画着十字，"你简直把我吓糊涂了，亚历山大·斯台潘诺维契。你听我说：我相信谁——你呢？还是列宁呢？当然是列宁喽——啊哈！他就要具有整个的俄罗斯了，而你有——什么呢？身子底下还有一堆稻草吧，马上你连那点子东西都没有了。"

安东诺夫的嘴唇紧缩起来，他把那张纸撕成碎片，猥亵地骂着，随后就赶到老头身边，用鞭子在他那发光的秃头上抽了三遍。血喷出来，老头子闭住眼睛，跪俯下去，哭起来。可是安东诺夫还是打他，践踏在他身上，踢他的脸，叫喊着说要把他杀死。

"把他弄回家去吧。"当斯托罗折夫进来时，安东诺夫喘着粗气命令道。

老头子给扔在一辆车上拉走了。在回家的路上他苏醒过来。

"他为什么那么对付我呢？"他问斯托罗折夫。

斯托罗折夫保持着一个阴沉的寂静。瓦西利继续说下去："我只是说实话罢了，我是一个老头子，马上就要进坟墓里去了——像我这样子还能撒什么谎呢？况且也不光是我一个人哪，我们一共放出了八百人来，难道他要把我们全都打一顿吗？"

斯托罗折夫感不到一点愉快，他正在回想他在卡门加看到的无耻的秽事。他记起了玛利亚·考骚瓦的被抓伤的脸，又记起了楞迦。他没有想到楞迦会逃走，也不懂得他干吗要逃走。到头来，那孩子跟了他十五年，已经变成他们家里的一个人——好像一个儿子了！

现在关于税则有着许多的传说。如果农人们知道了真实的情形，他们就会变了心的。怎样才可以蒙蔽住他们呢？怎样才可以把实情隐秘起来呢？真理一旦装进了他们的心里，打是打不出来的，就是杀了也不行。

"完了。"斯托罗折夫想。

这条路穿经格里亚斯诺惹，于是他就顺便去瞧瞧纳塔沙。他觉得他可以把他的思想告诉她，她会了解，并且说些什么的。

纳塔沙很喜欢看见斯托罗折夫，她很急于要知道楞迦怎样了。她曾听见传言说他坐了监牢，可是他在什么地方，活着呢，还是死了——她可不晓得。红军从未突进格里亚斯诺惹来过。安东诺夫的队伍依旧牢牢地驻扎在村子四围，楞迦没有法子给纳塔沙透进信来。他愁得消瘦憔悴了，可是有什么法子呢？拿脑袋往砖墙上碰是没有一点好处的。

纳塔沙长得更胖了，她的脸上有了土色苍灰的阴影。她的眼睛带一副温柔抚爱的表情，像一个小牛犊儿的眼睛似的。她很留心自己的身段，那身段现在越来越粗了，再也管不了别人的讪笑和斥责。她鼓起勇气来，虽然在夜里她睡不着觉，却依然靠了对于生活和楞迦的思念独个儿活了下去。

她很喜欢看见斯托罗折夫，并且还大惊小怪地照应他。她尽力使他舒适，不晓得拿什么让他吃。他们在寂静中坐着。她在等待着他的话，他却在等待着她会说一些什么。

"楞迦，"纳塔沙开始说，啜泣起来，"他自己投降了呢，还是给人家捉去坐了牢呢——还是给人家杀害了呢?"她问。

斯托罗折夫的怒气涌向楞迦身上去。"自然是他自己投降了。"他自己心里这么决定。

"我们只能假定他自己投降了，"他安静地说，"别的村里的人说他曾到那里夸张过他自己怎样怎样结了婚……"

"跟谁呢?"纳塔沙喘息着。

"大概是跟一个什么共产党女孩子吧。"斯托罗折夫低声说。转过脸去——他不能再正面地看着纳塔沙了。

孩子们玩耍着走下街来，路在太阳底下已经晒干了。黝黑的田野展延到天边，使斯托罗折夫想起家来。他记着列毕亚致，他的产业，他那些迭斯亚丁的肥沃的土地。

"娶了一个共产党女孩子吗? 那么他已经忘记了我吗?"纳塔沙倒在斯托罗折夫的臂里，像哭丧似大哭小叫起来。

"我们只能那么设想。他吹嘘着，同时也提起了你。'在格里亚斯诺惹还有那个傻东西，'他说，'只要我吹个口哨，她就会跟我来了!'"

斯托罗折夫淡然一笑，替自己卷一支烟卷吸了起来。

"红军把他领上了错路，也糟蹋了你的一生。"他叹一口气说，"我替你难过，我的娃子，十分的难过。你是一种温顺老实的人，不能替自己打算。别的女孩子就绝不会让这样的侮辱白白地过去。"

纳塔沙转过脸来望着他，她的眼睛现在已经干了。

"楞迦还要赔偿我的眼泪呢，就是他不赔，他的朋友也要赔偿我的。"她喘息着说，"我就温柔软弱不能替自己打算吗? 你不晓得我，彼得·伊凡诺维契。"

"好吧，再见啦，纳塔沙。我得走啦。"他笨钝地攀上鞍去，骑着马走了。

"还有一件要做的事，"他跟他自己说，"刚才我为什么要那么做呢?"

两年以来他第一次踏到住在格里亚斯诺惹尽头上的寡妇家里,接连喝了两天酒没有停杯。他什么也不说,只是吸着他的烟卷,笑着——一种空洞的发狂的笑声。

十四

现在纳塔沙打发着充满了苦痛的日子。从前她还在等待着楞迦，会被一阵马蹄的响声惊醒来，在每次有人敲门的时候都以为是他回来。从前她曾梦想过战云消去之后的安静的生活，楞迦会带着她离开格里亚斯诺惹，在这里每一个长鼻子小狗都会讪笑她的身形，她会生一个褐黄色头发的儿子，跟他父亲一模一样，而蟋蟀们也会在他们的火炉旁边安闲地吱叫着。

有时她又想到，那个小伙子一定是没有空闲来到村里探望他的亲人，他正跟着军队在遥远的地方呢。

可是现在——还等待什么呢？什么事情都很明白了：很显然地他已经背叛了他从前的誓言，他把她丢弃了。他昧了自己的良心，那个坏蛋！

她现在想他些什么呢？他正在吻着抚摸着另外一个，叫她作他的太阳光，谄媚她，跟她一块过夜，把他鬈发的脑袋枕在她的胸上。

而她，纳塔沙，丢了脸面，怀着妊，被人们讥笑着，却是孤单的，万分孤单的，在这充满了阳光和歌唱的春天的世界里。

"上帝帮助我——我怎么办呢？我怎么样生活下去，养活我的儿子呢？"

她父亲从不开口，从不瞧他的女儿，只是在夜里深沉地叹着气，对他自己嘟噜着——天晓得他嘟噜些什么。

孩子们从窗前经过，唱着关于纳塔沙的猥亵的歌曲。她的父亲震了一下，咬牙切齿地把羹匙扔到地板上就窜出房去。他直到深夜才爬着回家来，喝得烂醉了。不过就是他喝醉了，他也还是什么都不说，只是试探着要打纳塔沙，对准了她的肚子。

日子一天一天过去。有时日子过得她的心都要粉碎了。

她只能想着，让黑夜赶快来吧。从前他们曾互相追逐着，那是在什么地方呢？啊，只要时间能够站住别走得那么飞快呀，她想。只要他们能够给我一点点空间喘气，一点点时间寻思，决定我要做些什么，并且怎样打算。

有时纳塔沙气得发疯了，就是在清醒的时候也是一样，想把自己受到的惩罚分配到蜘蛛们身上，于是她就扑打着墙壁，凭空里乱抓着，放声苦燥地大笑起来。随后她就笔直地站着好几点钟，直到她的父亲回到家来，或是坐在凳子上来回地摇着，重复地说着一句话："我要杀了他们，我要杀了他们……"

或者，有时候，她突然跳起来叫道："啊哈，我可逮住你了！我的楞迦呢？你跟他干了些什么事？把他关起来，糟蹋他，吸他的血，你这该诅咒的！"

十五

　　这一春是温煦可喜的。蒸发着水汽的肥沃的土地已经喝饱了春季的洪水。沉重的雾气，在晨间的草地上消去了。

　　天气一天比一天暖和了，萎缩的小草也已经长起在山边。一块块黝黑肥沃的土地都在等待着农人和他的木犁或是铁犁，耙和耧。而他——农人——像一个猎户一样，一到春天也感到一种兴奋的狂热，走到他的园子里，在潮湿的地上徘徊着，把沉重的土块捡拾在手里，闻嗅着它们那在春天的温煦中渐渐融去了的潮湿的热气。

　　他走到田野里去，失望地耷拉下双手又走开了。它们自从去年秋天就没有耕过，现在就要长满了芦苇。

　　这是耕地的时候了，正是好时候。可是如果这些湿润的田地将要受到军队的践踏的话，人们怎能耕它呢？在这里野炮曾震响过，机关枪曾嗒嗒地响过，而今只能听见耕地人的歌声了。

　　在这些晴和的三月的日子里，一个人穿经田野，涉过泛滥的河流和涨满了春水的山谷到卡门加去。在每一个村庄里这个人换掉一匹新马。

他奔驰在耕过的田野上，从不留心路径。他骑在马上打盹，终于把一封高尔斯基的信从安东诺夫司令部的后院里送了进去。

安东诺夫读着信，脸色越发阴沉了。

"亲爱的朋友，"律师写道，"要小心。看样子这一次他们好像要跟你正经干一下子了。列宁自己也干预了塔姆包夫的事件。一个赋予了充分权力的特委委员会已经成立了，并且限制了两个月跟你作有效的斗争。杜哈契夫斯基是派来攻击你的军队的司令，珂托夫斯基和乌保列维契也跟他一块来。我希望你已经听见说了。准备好吧！"

"好吧，"安东诺夫蹙着眉头说，"两个熊放在一个洞里是不行的。不然他们就打倒我，不然我就把他们打倒了。我们瞧吧！"

苦农联盟的煽动者，军部职员和军官们又一次地跑到村落和农庄里去，努力想发动起农民来，向他们求助。

在委员会里也有着许多的辩论。

"一定要领导一个总的骚动了。"安东诺夫对他的朋友们坚持着说，他因为失眠和思虑已经瘦削了，还哑了嗓子，"如果这是一场农人的战争，那么就让所有的农人都出来打吧。只要能肩一支来复枪的就得出来打仗。谁要规避——就枪毙他。现在已经没有工夫开玩笑了。看看就要来到的对方的军力吧！"

然而农人们却倔强地拒绝了。他们毫不听煽动者的话，不加入军队，嗤笑着骚动的主意。在开会时，更进一步，他们似理不睬地问安东诺夫的人说："共产党已经取消了粮食税则，那是真的吗？"

十六

　　当杜哈契夫斯基到塔姆包夫来担任起剿击社会革命党的军队的司令职时，他才二十八岁。虽然他那么年轻，可是他的光荣却已经传遍了世界。他在每一个战线上打败了的军官和有了年纪的将军们都吃惊了。

　　"他从没在任何军事学堂里毕过业。才是一个小伙子，可是他有着多么伟大的魄力呀！"波兰国家的元首约瑟·皮尔苏茨基带着尊敬讲及这位青年将领的名字。皮尔苏茨基一辈子忘不了红军向瓦萨的猛力的推进，就像河上冲袭下来的浮冰一样。

　　杜哈契夫斯基将军曾经指挥过西征的军队。

　　现在国家命令他来消灭安东诺夫。

　　杜哈契夫斯基骑着马穿经塔姆包夫的街道，溅着春天的积水。水湾子上洒着阳光的斑点。

　　杜哈契夫斯基正在想着新的战争，新的阵线，这是他第一次遇到这样的对抗。

　　他曾经在西部和东部打过仗，还剿过克隆斯达德的叛军，那都像是真的作战一样。在那种场合，人们晓得敌人是谁，在哪里，并且怎样去打。这儿却不能准确地知道谁是敌人了。并不是所有的农民都跟着安东诺夫，你不能把他们完全混为一谈。用普通的作战方式去打安东诺夫，过去在塔姆包夫省内已经试验过了，那结果是一个完全的失败。

他记得离开莫斯科之前在克里姆林宫里的那些谈话。他受到警告说情形是非常复杂的，那是一件琐细而繁难的事。塔姆包夫社会革命党跟富农纠缠起来的结子不能简捷地割断完事，而是要解开来，对于叛变的真正的性质一定要明了，还不要伤了中级的农民，要把他们影响到红军一方面来。

"我们怀疑，米海尔·尼枯莱维契，"在克里姆林宫里他们告诉他说，"省里的农民们也许还一点不晓得的第十次党代会的议决案和关于税则的命令呢。安东诺夫不让他们知道事实。去想法子证实了这件事实，并且实行起来。主要的事情是一定让农人们知道新的政策。"

在到塔姆包夫的路上，杜哈契夫斯基读着所有塔姆包夫地方当局的报告，囚犯们和投降过来的目睹过敌情的人们的证据。

克里姆林的人们是对的，塔姆包夫的农人们一点不知道新的命令。别的乡间都知道，别的乡间就按着新的命令活下去，不谈别的。可是它们却没有能够达到塔姆包夫的农人。苏维埃政府的呼声没有透到遥远处的村庄里去，而在透到的地方，安东诺夫的人就会出现，把那些知道了事实又想把它传达给农人的人们的嘴巴永远封闭了……

那么敌人在哪儿呢？一个人怎样去打呢？这仗怎么个打法呢？……

"让我们把这个弄清楚，"杜哈契夫斯基告诉他的同僚说，"我们首先得告诉农民们新的政策，可是我们怎样去告诉他们呢？"

叛变的区域一定要用一个铁圈子围起来，那些敌对的村庄要占领过来，红军军人就要在那儿建筑起防御的工事。森林、田野和矮树丛子里都要除尽安东诺夫的人。苦农联盟的委员会也要消灭了。苏维埃政府要马上成立起来，一秒钟一分钟都不要忘记那顶重要的事——向农民们说明党的新的决议，把新的命令和新的做法解释给他们。

一到夜间，在军委会驻扎的房子的窗里燃起了灯亮。辩论变得热烈了，而从这些热情的争辩里，跟安东诺夫作战的计划就产生了出来。

"我们有八万支枪刺和八千支军刀，还有同样多的机关枪、野炮、飞机、铁甲车和无线电报，我们有七千红军子弟。敌人是很强的，所以我们也得拿这么大的力量去打击他。可是这种力量一定要用得正确，我们不能被对于敌军主力的胜利引入了歧途。我们不要只是消灭安东诺夫的军队，我们同时还要捉住他的每一个小兵，谁要不投降就把他杀了。"

不久，新的接济军到塔姆包夫来了。共产党中央委员会派来了几个顶能干的人——煽动家和宣传家。

在这个屡次地受到安东诺夫军队的惊扰的古老的市镇里，生活变得活跃起来了。

人们记起了往日里工厂汽笛的间歇声，通报着"绿军"的到来。

这时候人们从外区里、车站上、村庄里、市镇上和工人住所里来到这地方，预备开全省的党大会。几百个期待着和平跟工作的人来参加大会。他们来自斗争曾一度高涨过的地方，他们在等待着新的言语和新的行动。

塔姆包夫省的共产党们严厉地批判着过去军事首脑的错误，他们只是消耗军力，追求偶尔的胜利和战利品，不断地在乡野里巡行着搜捕安东诺夫，却没有联合贫农……

杜哈契夫斯基的讲演是充满了热情的。他看见在他眼前有一片遭受到战祸的乡野和数十万遭受到战祸的人民，他看见几千个凶猛顽强的敌人和几万个从前受到蒙蔽而今却要睁开眼来的人民。

杜哈契夫斯基对代表们宣称军部已经按着军事计划工作了三十天了，一切都已准备好。他警告他们说这是一场严重而且繁难的斗争……

五月里，红军开始了对安东诺夫和他的军队的有计划的攻击了。村庄上面飞机出现了，居民们赶紧躲到房里去，可是飞行的人并不抛掷炸弹。代替了炸弹，他们扔下来散乱的纸片告诉他们关于税则的新的命令，旧粮食税则和自由贸易的取消。纸片一霎时就抢光了。从飞机没有达到的村庄里，人们跑了来，偷偷地要了几张回去。

安东诺夫的煽动者们用鞭子赶着人们去开会，叫喊着一套新的瞎话。

"列宁颁布了一个新的命令，"叶哥尔·伊洵叫着，"他想把俄罗斯的工厂交给外国的资本家去，我们灭绝了本国的资本家，现在他们却找来外国的资本家了。他们出卖了俄罗斯，欺骗了人民。不要相信他们，他们告诉你的全是一套瞎话。他们不过是通过了新的税则来剥削你们罢了。跟我们来，农民们，如果我们命里注定要见鬼，那么让我们大家一同去！"

然而红军却毅然向前推进，在战争里占领了一个又一个村庄。敌人日夜地给他们骚扰，从背后或是两胁，用大军或是小的队伍，劫掠军需，不给他们一霎儿宁静。到处是阵线：每一个农庄就是一个阵地，每一个村落就是一个堡垒。

军队前进着，在村庄里安置下一个武装的守卫，成立起革命委员会来，就又开动了，向中心方向包围安东诺夫的主力。

这时候革命委员会捉住了苦农联盟的几个间谍，充公了几个离开家庭去参加了安东诺夫的富农的产业，把它们分配给曾被安东诺夫和他的军队劫掠过的党人的家庭。在每一个农人的家庭里都出现了报纸，那上面登载着新的命令，新的做法和新的生活。

乡民们瞧着这一次安东诺夫再也逃不掉了。

乡民们犹豫着，叛变的命运已经确定了。

十七

在五月初间，李斯特拉特和他的小队已经占领了德甫里基了。他一天天迟延着不到格里亚斯诺惹去。村庄和市镇中间没有交通的方法，他是非常慎重的，他不愿意冒险。虽然楞迦记挂着纳塔沙，不让他哥哥安静。

最后，有一天早上格里亚斯诺惹的消息来了，说有一队从桑姆堡来的红军已经开进去了，正在把安东诺夫的人从区里清了出去。李斯特拉特到革命委员会去，跟赛尔给伊·伊凡诺维契谈了一谈，就下命令要在当天早晨准备好。他告诉楞迦说有一队人要到格里亚斯诺惹去建立苏维埃，并且还要在那儿待一个很长的时间。他弟弟快乐地喊了一声，搂住李斯特拉特的脖子摇着，直到他哥哥愤怒地抗议起来。

突然听见一阵马蹄的声音，骑马的人在革命委员会的房前勒住了马，叫里面出去一个人会他。楞迦出去了。

"赛尔给伊·伊凡诺维契在哪里？"骑马的人咕噜着，他喘着粗气。

"在吃饭。"

"这是他的一封信——急信。我从格里亚斯诺惹来，发生了可怕的事情……"

"怎么呢?"

"一个女孩子叫纳塔沙·巴叶瓦闷死了一个红军的兵士，"骑马的人嚷着，"她现在坐在草垛上，拿着一支手枪，叫着说：'谁走近我，我就打死他!'她好像一只野兽似的。"

于是骑马的人鞭一下他的马，跑了。

楞迦脸色苍白了，浑身颤抖着，他尖声地叫喊。

"你喊什么，你这傻子?"撒式加·齐里金问，一面走过去代替了楞迦的职务。

楞迦窜回家去。撒沙做了一个摸不着头脑的手势，在台阶上坐下来燃起一支烟卷。

楞迦突进家里，抄起鞍子，用颤抖的手拢直了皮带，把他的母马从棚里牵了出来。替她配好鞍子以后，他又窜进房里去拿他的手枪，随后跳上鞍子就像一阵风似的刮走了。

"嘿，你到哪儿去呀? 住下!"李斯特拉特喊着，他刚刚跑回家来。楞迦既没有听见，也没有回答。他只是拼命地打着他的马。"她干吗啦? 她干吗啦?"这些话不断地钻进他的脑袋，"她干吗啦? 她干吗啦?"他呻吟着，"我现在又要怎么办呢?"

母马挨多了皮条也发起疯来，好像她主人的疯狂分给了她一些，好像她已懂得了她应该加快，加快，加快……伸长了脖子，她驮着他跑去，直到风声在他的两耳边叫啸着。

傍黑天时，楞迦到达了格里亚斯诺惹。把他那匹急喘着的母马留在墙外。他突进到房里去，房里空空的。他听见院子里有一声吃惊的低语，有几个脸色苍白并且颤抖着的农人聚集在那里。

福罗尔是其中之一。

"喂，喂，"楞迦野蛮地走向他们去，扯出手枪来，"你们是干吗的?"

"你这狗仔!"福罗尔喊着,"糟蹋了我的女儿,你这流氓!挨鞭子的!"

"离开这儿。"楞迦用一种冷酷的语调说。

"我们在这儿防守着她。"一个小农人抗议说。他手里抄着一把斧子。

"我不是告诉你离开这儿吗?"楞迦的眼睛闪烁着,"我自己来防守她,懂得吗?"

农民们互相望望就溜开了,福罗尔也给他们拉走。

楞迦在菜园里找见纳塔沙,她坐在草垛旁边玩弄着零碎的稻草。

"楞迦——啊——啊!"她狂叫一声,跌倒在稻草上没有知觉了。

她苏醒过来躺在楞迦的肩上,她那苍白憔悴的脸看来有些怕人。除掉她那一双疯狂的大黑眼睛以外简直没有什么东西可以使你想起过去的纳塔沙来了。

"楞迦,楞尼乌式迦,列沙!"她乱喊着,浑身颤抖着,使得楞迦也颤抖起来。"他们马上就来了,他们要把我带走,一刻儿工夫。他们派人去找你,列沙。列湟式迦救了我,藏起我来吧,亲爱的!"

他拥抱她,吻她,玩弄她的头发,像在过去那些幸福的日子里一样。她宁静一点了,也停止了颤抖。

"他们告诉我,斯托罗折夫告诉我说你又找了一个女孩子,一个共产党。"她说,突然哭泣着又倒在稻草上面了。

"嘘,嘘,"楞迦低声叫唤着。她把她的大肚子紧紧地靠在他身上,告诉他说她是怎样地被忧愁、愤恨和嫉妒焚毁了,白天跟夜晚是怎样慢慢地拖下去;她怎样地竟而恨起那个在肚子里动着的小东西来;怎样地,当红军里的一个人——一个像楞迦一样年轻的孩子——昨天来了。她把房子里放满了烧木炭的烟,那个孩子睡得太熟了,所以就给烟闷死了,再也醒不转来。

"我当时想到你，楞迦，想到他们怎样地把你领坏了，使我的生活变成了一个诅咒。如果来的人再多，就是来了五个人的话，我也要把五个完全给闷死的……"

"嘘，嘘，嘘。"楞迦低声说，磨着他的牙齿。

"你现在要跟我在一块了，不是吗？"她乞求地说，"你从他们那儿跑出来了，不是吗？你要把我从这儿带走，不然他们就要来捉我了！楞迦，你瞧！他们在那边，他们来捉我来了。"她满眼疯气，扭歪着，呻吟着，磨着牙齿。

随后她静下来，除掉楞迦什么都忘记了。她的亲吻，她的拥抱和喘息的热情。她拿住他的手让他去摸她的肚子，他觉察到肚皮里面有一个新的生命的跳动……

于是疯气又上来了。她叫嚣着一些诟骂的话，白沫涌上她的嘴边。过一会又平静下来，她又安静地躺在楞迦的身边了。

最后她睡着了，在睡梦里抽咽着，胸口突然跳动着，磨着牙齿，还喃喃地嘟噜着。

楞迦瞧瞧她，哭了起来。灼热的眼泪奔放地流下来，滴在她的面颊上。他哭他摧毁了的爱人，他知道自己将永不能忘记她做的事，永不能原谅她。他晓得随时人们都可以来把她带走。谁都会知道他有一个什么样的新娘了，人们将要用指头指点他，他的同志们也要对他怒目而视了。

楞迦从口袋里拉出手枪来，摸索着去找寻纳塔沙的心口。她的心规律而沉重地跳动着。他把枪口对准了它。

……却不能使自己去扳动枪机。

第二天早上，纳塔沙在一场痉挛里扭曲着。痉挛过去之后，她躺在那里，脸色苍白而且皱缩了。她谁也不认得，只是给自己唱着一个催眠歌。

她永不能恢复她的理智了。她被送到医院里去，当天生产了一个黄褐色头发的儿子，福罗尔把他带回来养活着。

十八

　　红军调动红色子弟到南方去，到琪尔桑诺夫区去，到安东诺夫从前起事的森林里去。顶好的队伍调遣到尹札文、卡鲁噶、拉姆辛和珂斯洛夫等区里去。他们在特列斯金草原上扎起帐篷来，两年以前安东诺夫的光荣就是从这同一带草原上起始的。他现在被迫着不得不离开卡门加了。

　　最后一次他骑着马率领着他的特别军团走经他的阴郁的街道。最后一次农人们听见手风琴和着歌曲的狂放的声浪。

　　嗒嗒嗒！机关枪在怒吼。

　　"瞄准他们，我的孩子！"安东诺夫喊着，"哦吼！"

　　"就是血水蒙了膝盖我也站定，我要把整个的俄罗斯抓在我的手中！"

　　他还是抓紧他的权力，依旧写许多求援的文告，吹嘘着自己的军力。

　　可是连最忠实的农村都带一副敌对的眼光瞧着他了。队伍里私逃的人越来越多，富农们自然不打算甘休，不过他们中什么用呢？如果你这方面就只有富农，那么你就绝不会支持长久的，这个安东诺夫很明白。

五月底，他召集了一个委员会的会议。他脸孔污秽着，胡须都没有刮，穿一身破褴的衣服前去开会。

从远处村庄里来的委员们带来消息说，有人去请求他们帮忙剿灭叛军。

安东诺夫向他们粗野地呵斥着，叫代表们做"狗他妈的儿子"，并且恫吓说要把他们枪毙。

代表们一生气都退席了，剩下安东诺夫独个儿。他的朋友们也都显得阴沉了，连伊洵都变得暴躁起来。

艰难的日子要来了。村庄都要摆脱开安东诺夫。马上军队里没得吃没得骑了。安东诺夫下命令只要哪里有马匹、粮食可以取得，就应该征发，顾不到一切别的事情。他再也没有别的路可走了。有很久的时间，红军不让安东诺夫进到撒拉托夫省，而把瓦伦纽日和奥尔洛夫倒出来给他。红军的联队推动着一堵用野炮和铁甲车造成的铁墙去围击叛军，把安东诺夫赶到湖边上去。他退到那里就好像一只狼退到窝里一样，去休息一会，等创伤复了原，那么在重新振作起精力来之后，他又可以出去猎食了。

在一个叛军的首脑会议里，决定了只要他们的力量还可以支持，他们就依旧打下去，并且继续地向农民们解释说最近的那些命令不过是共产党的新的狡猾的计策罢了。

伊洵提议要清理外围的几区。在五月底，安东诺夫命令考骚伟代替斯托罗折夫当前线军团的司令，斯托罗折夫调回来管理邻近共产党治下省份的地带里所有的武装军力、给养、草料和军械。

在一个暖和的夜晚，斯托罗折夫回到司令部来了。司令部现在设在伊尔门湖岸上的稠密的森林里，安东诺夫沮丧地欢迎了他。他的额上带着一片阴沉的不悦之色，在那些日子里他过度地喝着酒。

　　他告诉斯托罗折夫要他自己准备动身，到边区去。现在最重要的事就是去接触每一个人，重新招募新的人手，如果可能的话。并且只要有一口气还要干下去，那么人民就会知道安东诺夫还依然活着，依然在打仗，依然很有力量……

　　在离开这儿回本区之前，斯托罗折夫停下来去瞧了瞧伊洵。

　　"没有关系，"后者说，拍着斯托罗折夫的肩膀，"我们还有把戏玩哩，我们要表现出来我们是什么材料做的。我们的军队依然完整，并且我们还都活着。我们还要打仗呢。干下去，彼得。等过一阵，我们就会派人去找你的！"

第三部
狼

一

　　到现在将近三个星期了，斯托罗折夫在树丛和森林的边境上游荡着。他度过了他的白昼，又挣扎着度过了那些短的夏天的夜晚，在山涧和幽谷里面。

　　夏天的闪电在黄昏的天空上晃动着，宇宙不停地向前推动，而他却坐在篝火旁边，他的心是一片孤单的虚寂。

　　他的马迟钝地走动着，按着一种宁静的规律在那儿啃着青草。遥远处一条狗吠了起来。月亮将一抹沁凉的光线散布在地面上。一切都是寂静的，仿佛从来就没有起过战争；仿佛从没有听见过枪响和告急的警号；也从没有看见过焚烧着村庄的火焰，而和平和善意自从很久以前就已经紧紧地拥抱着大地了。

　　有许多夜晚，斯托罗折夫偷偷地溜进那些红军势力已经坚固地建立起来的村庄里去，在黑暗中久久地注视着，想看出在这些地方人们过着一种什么样的生活。在深沉的岑寂和黝黯后面躲着一些什么东西。有时候，下了残暴恶毒的决心，他就慢慢地走近去。立刻一片烈火就会在村上爆灼起来，警钟敲响着，人们放着枪。

可是第二天，黑暗又落到他的身上了，微风吹弄得低语的白杨树的叶子窸窸窣窣地响着。

有一天，当他洗马的时候，他看见在死水里映着的自己那瘦削而没经修刮的脸。苍灰的头发在两边鬓骨上闪耀着，显得越发长了。

"我现在简直像——一只狼了，"他对他自己说，"显得苍老。"

一点不错。自从最近三个星期以来，斯托罗折夫老了许多了。他的两颊陷下去，他的眼睛深深凹进去，在眉毛底下倒霉地发着光。他靠着干面包皮过日子，因为他的儿子们很少把吃食的东西带到指定的地方来。他想喝奶。有一次他遇见一群牛，那个又聋又哑的牧牛人挥着手叫他走，糊里糊涂地嘟噜着，看样子非常生气。斯托罗折夫用鞭子打他的脸，挑出一条牛来，满饮着鲜美的奶汁。

……现在每天夜间村庄里都要起火了。像一个黑影子，斯托罗折夫偷偷地走过哨卫，到住房、仓房、共产党的苏维埃和合作社跟前去，在暗地里枪杀人，并且藏在一个什么小山后面，他望着这一阵慌乱慢慢儿平静下去。

在靠近桑姆堡铁路线的一个地方，斯托罗折夫捆起了一个警务段上的卫兵，拿走了他的器械。用那器械他掘开了铁轨，眼见着车厢互相撞击着，带着疯狂一般的欢乐，他瞅着撞起火来的火星向空中飞去。

可是他却越来越沉郁了，他黑眼睛里的光亮也消逝了去。他四周还是同往常一样的寂静，一样的荒冷。在丛林和山沟里边他找不见一个隐藏着的同志。他们都被杀了吗，或是武装着给人捉去——或者他们已经投降了红军吗？

"不，这都是没要紧的事，"他想，"那与我没有关系。"

明儿个又有新的火车开过去了，又有许多新的房屋在那些烧掉了的旧房屋旁边建了起来。

斯托罗折夫变得焦躁而且多疑，夜夜他都爬起来倾听着每一种声响，不能够睡觉。

二

当他从追逐者那儿逃开时，一颗子弹射穿了他那匹母马的心。它躺倒在地上，长啸着吐出它最后的呼息就死了。斯托罗折夫瞧着她，他的脸抽搐着好像遭到了突然的痛楚，一行热泪流下他的面颊。于是，做一个绝望的姿势，他走开了。

他失掉了一个忠实的朋友。在那些无望的期待着的时光里，他已经熟悉了它的有节律的步趋了。彼得·伊凡诺维契依然在期望着——期待着黑夜过去晨光到来，那时候世界上又会起一阵大的骚乱，许多旧日的阿达满又从他们秘密的隐身处出来，把整千整千的人民拉到选举大会的旗帜底下，旗上大书道："土地与自由。"

土地！

列毕亚致湖畔的可爱的土地躺在他的面前，从前他常常骑着马来看它。丰饶的田地，只要有一天又变成他的了，又只替他一个人结果实。只要再度可以私自占有它，那么他就可以坚定地立足在它的界内，筑起一道结实的篱笆把它围住。

只要有私有的自由呀！

"我不是只替我自己争取自由呀。"彼得·伊凡诺维契想，"无论谁只要他能自己照料他的地就让他自己照料，让他一直靠住一片新鲜湿润的土壤过活下去，直到他自己愿意把它交给别人。不过，如果你没有一把铁钳子和一副狼的牙齿的话，那么就去找一个有权势的人，给他充当一名农工，用你的汗水去灌溉他的禾苗，学习着做一个能干的庄稼汉——就是这样你也还是逃不掉像一个傻子或是讨饭的一样地死去的命运。"

一天傍晚，一个人来看列毕亚致湖畔的地了。他穿的一件白色的长外衣从老远处就可以看到。他侧着肩膀走进裸麦地，那儿现在是一片绿色的墙壁、有胸口高矮了。他抬起秃光的脑袋来瞧瞧日色，笑了。风吹弄着他的长发。天气用它夏季的温暖爱抚着他的身体，这个收获丰足的世界是和平而且欣欢的。

斯托罗折夫瞧见了他，就在发着辛辣的气息的艾树丛和繁茂地长到路边上来的牛蒡里躲藏起来。当那个人走近时，斯托罗折夫认出来他是玛特伟·别斯丕斯托夫，他曾经两度鞭挞过的。这是他们第三次的遇会。玛特伟走向地界去，他的脸上挂着笑容，满生着灰色的刚毛，在夕阳光中发着赤红的光辉。他光着脚，内衣在脖子间解开了。这老头子在高声地自言自语："看起来多么够劲呀。穗子统统是致密而且饱满的，它们都是，这是好粮食。政府给我的都是好地。"

玛特伟不晓得自己正站在斯托罗折夫的旁边，他搔搔胁下就轻轻地走过去了。"好地，真的吗？"斯托罗折夫咬着牙咆哮着，"那么，就是你，你这狗，占有了我的地吗？站住！"他在玛特伟身后吼着，一面从草丛里跃身出来。

老头子像弹簧似的赶紧转过身来，一认出是彼得·伊凡诺维契来就开始喃喃着，画着十字。

"对了，画你的十字吧，画你的十字吧，你这坏蛋！这是你的地了吗！"

"恩，"玛特伟低声回答，"这是一块好地，感激天老爷。"

"好地是不错的，"彼得·伊凡诺维契说，"不过可不是你的呀！"

"我们都是人民，不是吗？"玛特伟反驳说，他现在镇定了，"土地是为了每个人的，不是吗，彼得·伊凡诺维契？"

"土地是为了人的，一点不错，可不是为了狗的。你是一个叫花子。即使你占有了我的地，你也依然是赤着脚走路，你没有地的时候也还是赤着脚走路。一个赤脚的叫花子，那就是你！"

玛特伟低下头去看看他那双粗硬的黑脚。

"我那块地离这儿很远，彼得·伊凡诺维契——对啦，那是一块很坏的地，村公社分给穷人的。我又没有马。不管你花多少时间去耕种它，它总不会使你的生活变好起来。现在我们可好得多啦，不是吗？现在我们有政府替我们想办法了！"

玛特伟镇静地说，他站在斯托罗折夫前面，咬嚼着一叶青草。

一切都是寂静的。在远处的村庄里晚钟敲响了，钟声随着微风轻轻地传到这边来。

"这片土地永不会是你的，"斯托罗折夫喊着，大怒了，"这是我的地，听见吗，我的。你为什么拿了去呢？"

"顶好是好好地走开吧！彼得·伊凡诺维契。他们正捉你呢，如果你给他们捉住，你就再也跑不了。"

"好吧，捉住我好啦，那么捉住我好啦！"斯托罗折夫狂叫着，苍白的嘴唇里迸出唾沫来，他的眼睛凶狠地闪烁着。他赶紧把来复枪瞄在肩上。一声枪响在田野里回响着。

玛特伟跌倒在冰冷多露的地界上死了。

三

　　五月廿四日，红军——内中包括曾把安东诺夫驱出巢穴的军官学校的学生，第一次接触了安东诺夫的部队，把他们击退到南方去了。安东诺夫的人逃过森林和沼泽，散了，随后又慢慢地聚集起来。

　　五月廿九日，杜哈契夫斯基把珂托夫斯基的联队跟季密特廉珂的骑兵队集合成无敌军，派乌保列维契去解决那部分聚集在莫扎洛夫加村里的安东诺夫的主要的军力。

　　经过了一次长时间的追逐，安东诺夫最后知道已经不能摆脱开红军了，他躲在瓦楞那河畔的树林里休息了一会，于是下了决心要拼一拼。

　　在战后的夜里，安东诺夫虽然损失了三分之一的军队，却依然是自信的。他调集起第二特别团巴列夫部，第三团尼索夫部，还有纳鲁塔姆包夫部，微霍进斯基部，塞门诺夫部以及其他部队窜到撒拉托夫省的夜郎去。他命令包古斯拉夫斯基带领两千人开到桑姆堡去袭击红军的后方。

　　然而，即便在夜郎，安东诺夫也没有得势。六月二日，乌保列维契追上了他，又把他驱回塔姆包夫省来，并且把他最精粹的军力消灭了。这是一个莫大的打击，安东诺夫的人完全溃不成军了，这就是说把戏已将煞尾。

杜哈契夫斯基第一次能够打一个电报到莫斯科去报告匪军业已剿清，安东诺夫的人已经窜到森林、小村和沼泽一带地方去了。

两千五百个人——所有叛军的残余——困倦而毫不关心未来的命运，在湖边的树林里跟安东诺夫留在一块地里。他们总是在一个地方扭歪着转侧着，好像给捆在了那儿一样，而红军也不让他们出到树丛外面。安东诺夫把他的军官召集到身旁。

树林里充满了威吓的声音，天上飞机在哼哼，野炮不停地震响着。

安东诺夫并不向他的同志们问询关于农民的情形，他知道在村庄和农舍里有着一些什么事情。他曾看见过人们是怎样热切地从事耕作，他们在太阳未出之前就老早爬起来了，仿佛生怕又被剥夺了这种平安劳作的机会，生怕再被迫着带了痛苦的渴望去凝视那无人料理的可哀的田野，生怕还要躲避军队和军人，并且从窗孔里窥探着看他们是友军，还是仇敌。

红军保卫着农人们从事劳作。他们经常也脱去外衣，在手心里吐口唾沫，用了把机关枪同样的坚定和牢稳把起了耕犁。

安东诺夫晓得，农民们得到杜哈契夫斯基的允许，也在组织兵队自愿去帮助红军了，他们这种军队的勇猛剽悍是没有力量可以打击的。

"喂，我们怎么办呢？诸位将领弟兄们？"他问，"我们去哪儿呢？"

安东诺夫决意要打，可是突然又变了卦，下令要退到折尔湟夫森林里去。

六月廿六日，红军学生包围了森林，开始了终日的炮轰。于是步兵向前推进，从事森林中的搜索。共产党的联队和志愿兵队沿着瓦楞那河岸前进，军校学生迫到伊尔门湖去。那一天二百七十个安东诺夫的人被杀了。红军俘获了桑塔洛夫，一个曾进谒过邓尼金的司令官，还有几个别的军官像包包夫、蒙苏洛夫，医士唐纳叶夫和安东诺夫的副官珂斯洛夫。

安东诺夫跟他的弟弟季密特里逃走了，在夜间他们潜过了哨兵线。人们追踪他到拉姆辛的沼地去。八天中间，学生联队不睡觉也不吃饭，埋伏在水塘里，水达到他们的腰部。他们把安东诺夫当作一只熊似的包围起来，好像他再也逃不掉了。瓦楞那河上潜行着载了机关枪的船只，森林地带的路径上都有老练大胆的侦探把守着，飞机在沼地的上空里盘旋着，然而那里却仿佛是毫无人迹的。看不见一个魂灵，没一根芦苇晃动，湖沼跟水塘中的平静的水连皱纹都不起，森林中是一味的岑寂。

于是红军联队向中心包围进来。在沼地的矮丛里，他们发现了大批军需和枪械的储藏，在芦苇中俘获了参谋长特鲁伯珂和安东诺夫的传令兵阿列式迦。可是安东诺夫却又逃了，跟季密特里一块。这次他们连他的踪迹都找不见了。

直到七月二十日，特委军委会才寄给塔姆包夫省党委会的书记瓦西列夫一封信，那封信的内容立刻各处都知道了。

"安东诺夫的匪军已经溃散，他们都准备投降并且交出他们的首领来。农民们终于厌弃了伪社会革命党的统治，加入到剿灭匪徒的决死的斗争里来了。社会革命党匪徒最后的崩溃和在这次战争中农民的充分的合作使得特委军委会可以把戒严令撤销。"

军委会再次提醒安东诺夫的人，如有自动投诚者可以保全性命，并将从轻惩治。

这封信公布之后，有两万六千人到红军军部和苏维埃政府的代表机关去投诚。他们同时也缴了三千支来复枪，五十架机关枪，一百七十支机关枪筒，还有军刀和手枪。

当时有九千人被俘，将近一千人在战场上打死了。每天都有衣衫褴褛面容憔悴的人出现在司令部和苏维埃里，在那儿他们放下他们的来复枪，拭着淌汗的脸。他们疲倦地坐下来，要支烟卷去贪切地吸着。

这就是叛变的终结，火焰熄灭了，灰烬也慢慢儿冷却了。

四

有一天，在森林里遥远处的一条小道上，斯托罗折夫遇见安东诺夫的弟弟季密特里，他告诉他安东诺夫就在附近。

经过一些几乎不可辨认的小道，季密特里把斯托罗折夫领到森林深处的一个小湖边来。在这儿，倒垂的柳树把它们的绿叶浸在清澈的水里；在芦苇中间，野鸭嘎嘎地叫着；老松树仿佛在庄严的寂静中倾听着森林里动物的声响。

在湖畔的一个宽大的树桩上，安东诺夫坐在那儿聚精会神地读一本书。他很瘦，胡须也没有刮，穿得很破烂。他读的书是果戈理的《塔拉斯·布尔巴》。

一个跟一个地，那些军官和头目——他的军队的最后的残余，叛变的最后的残余，都到湖边上来了。

他们围着他站着，倚着他们的来复枪。他们的衣服绽成了破片，那些他们用去绑缚他们伤口的肮脏的布片从破靴子里露出来。他们中有好几个把胳臂吊起来。他们静静地作成一个半圆形围住安东诺夫。

瞧着他们，他想道："普鲁日尼考夫哪里去了？我们那愉快的伊洵跟可怜的托克玛考夫怎么样了？从开头就跟我在一块的列昂诺夫跟布拉托夫哪里去了？那个吵吵闹闹的赫尔曼又怎样了？还有费多罗夫·高尔斯基？还有好生气的沙莫夫？我那蛮横的传令兵阿列式迦和我那最后的邪恶的爱人都哪儿去了？"于是他自己回答自己："格里高里·普鲁日尼考夫在伐罗克尼式采森林中的一个泥屋里被枪毙了，叶哥尔·伊洵那个愉快的酒鬼跟高尔斯基一同遭了难，托克玛考夫中了一颗子弹，喜欢吵闹的赫尔曼因为抢劫暴横被农民打死了，沙莫夫淹死在一个水塘里，他的传令兵阿列式迦投降了，列昂诺夫跟布拉托夫被红军枪毙了，一个叫作潘克罗托夫的矿工在卡姆巴尔区把玛利亚·考骚瓦逮走了。"

现在剩下几个还活着的都聚到这儿了。他瞅着他们，他们静静地站着，瞅着地下。

"喂？"他粗鲁地问，"你们就这么地来了吗？"

"你瞧你把我们弄成什么样子了，亚历山大·斯台潘诺维契？"斯托罗折夫问，"我们一直地相信你，你是我们最后的希望！"

"我叫人家把我陷害了，"安东诺夫回答道，"上边的人就陷害我。折尔诺夫叫我做刽子手，你们都听见过吧？他们明明晓得我干吗要出来打仗，那些坏蛋。他们亲手把我送掉了。你们也陷害我，你们这些胖钱袋的家伙！"说到这里他晃动着指头指住斯托罗折夫："哼，等着吧，等到他们把你磨成细粉的时候你也许还记起我来，可是那已经太迟了。"

"没有关系，"斯托罗折夫说，"我有一个强旺的家族。一旦我们的牙齿咬住了点子什么，我们就不放松。此外，我们还有孩子留在村里呢。"

"我要进到森林里去，"安东诺夫说，用手指着森林的深处，"我风闻着列宁在莫斯科说仑格尔又要准备军队打仗了。等着我恢复过来，我也还要干一手的，找许多新的同志……你们爱怎么干就怎么干，如果想打仗就打仗——如果想把自己卖掉，也随你们便。我要一个人走掉，我谁也不要。我只带着季密特里跟我一块。你们可以随便到什么地方去了。"

"好吧，再会，亚历山大·斯台潘诺维契，"斯托罗折夫说，"不要把我想作顶坏的吧。"他走向安东诺夫去，吻着他。

他们都说着最后的别辞，走过去吻着他。

"再会，"沙菲罗夫说，"我曾经忠实地服侍过你。"

"再会。"安东诺夫回答说。

沙菲罗夫已经快要隐身在树丛里了，亚历山大·斯台潘诺维契又在后面喊他："雅珂夫，你干吗不吻我呢？"

等到沙菲罗夫重新回来拥抱他的时候，安东诺夫在他耳边低声说："你把我卖了多少块银钿呢，犹大？"

"你是什么意思？你一定是疯了！"沙菲罗夫高叫着，退缩了，"我并不是一个可以收买的人，这你自己是明白的！"

安东诺夫做一个绝望的手势。他的心告诉他死就站在他的面前，末日已经挨近了。他的朋友们拖拉着沉重的脚步走开了，只安东诺夫独个儿留下来，在幽暗的森林的深处。

五

　　他把自己裹在破烂的外衣里，在草地上躺下来。这就是收场。

　　为了谁，为了什么目的那几千条性命牺牲了，那些血泪的狂涛放流了，那些村庄焚烧了呢？

　　他那血迹斑斑的整个的一生又有什么用处呢？在他的一生里，人们总是在他的身边转圈子，然而他却始终是孤独的。

　　安东诺夫忽然又忆起他从前做过的梦，自己站在司令部的台阶上看着军队从面前走过。

　　"带了像这样的军队，我就起事了。"他从前这么想，"在去莫斯科的途中会有几百人参加进来，于是我就率领着几十万农民直迫克里姆林宫城之下。布尔什维克们现在正在村庄里一塌糊涂地弄着什么阶级斗争了。可是那时候是什么阶级斗争？每个穿着自己缝的破烂衣服的人都梦想着替自己弄一件新衣裳，在什么地方抓到一块土地，用篱笆围起来，养一匹看守的狗，积蓄起他们的卢布并且安歇在猪牛中间度过他的一生。你瞧，这才是整个的阶级斗争，这才是整个农民的灵魂哩。从记事的时候起，他就只是为了自己的皮肉而斗争，同时还想办法揭他邻居的皮肉。"

"那么，现在这样，以后呢？"安东诺夫常常问他自己，"我把农民们带到克里姆林宫墙外边再怎么办呢？"

关于他以后要做的事，安东诺夫只有一个非常模糊的想法。他幻想着所有莫斯科的人民都要在他面前鞠躬，他将被选为元首——不是军队的，而是人民的。

"以后呢？好吧，就假设他们真的选出我来，替我佩一个什么条子，以后呢？土地怎么办呢，工人们又怎么料理呢？"

不，安东诺夫再也懂不得更多了。如果有人问他以后的办法，他就回答不上来。

他曾幻想过他的同志们怎样地互相争权夺利，伊洵跟普鲁日尼考夫怎样相对着野蛮地呲出牙齿，还有那匹灰狼——斯托罗折夫的眼睛会怎样地闪动着红光。

"是的，他们会吃了我的。"安东诺夫曾震惊地想过，"彼特加（托克玛考夫）说的是实话。他们先把我吞了，然后再互相残杀。"他曾撇开过这些未来的可怕的想头不管，而把所有的责任放在选举大会身上，让它在这纠缠的网里召集，讨论并且筹算，从工人跟厂主，农工跟地主，羊跟狼那里——弄出一个一致的意见来。让大会去担负起这件事！……到现在他再也不需要考虑这些了。他又一次孤独起来了。军队没有了，他的武装同志都走了，就是那匹马——他计划骑着它踏进莫斯科去的——也在一场战争里打死了……

"走吧。"安东诺夫的弟弟推推他的肩膀说，"天要黑了，湿气在长呢。"

六

　　几天以来，斯托罗折夫无效地想寻一匹新马，终于溜回到他本乡来了。可是有一天夜里大家都知道了有一个人徘徊在他们篝火的四周，又潜藏到黑暗里去了，于是他们都严防着他们的马匹。

　　从此斯托罗折夫就不再寻马了，他跑到树丛里藏起来。现在他无时不提心吊胆，睡不熟觉，如果听到一点点风吹草动或是一只游鸟叫唤时，他就立刻惊醒了。

七

有一天他遇上了阿德利安，他的舅子。那个老农人正蹲到地边上捆他腿上的麻布绑腿呢，斯托罗折夫就从干草墩后面一下子跳出来了。阿德利安吓得直往后退。他的恐惧一会儿就过去了，之后，他从灰白的眉毛底下愤怒地狞视着斯托罗折夫。阿德利安有一度曾是一个沉湎的酒鬼，可是因为在战争期间在玛苏尔水塘里发生的一件小事就把这个积习永远地戒绝了。现在别说酒，就是闻到一点酒味他都难受。不晓得为什么他又戒绝了肉食，变得严正而且安静了。五年以来，他替斯托罗折夫看管着田庄。

"我还寻找你呢。你那么蓬头散发的，哎呀，你这鬼土匪！"阿德利安虽然背地里害怕彼得·斯托罗折夫，然而讲起话来他总是那么粗鲁耿直。

斯托罗折夫在他身边坐下来。落日渐渐沉没了。夜色从东方卷来，遮上了在望的田野。

"你应该自动投降，"阿德利安继续说，替自己卷一支烟卷，"他们也许可以饶恕你。把你的房屋跟田庄都抛弃不顾了，你这老鬼。仗不是替你打的，对不对？"

斯托罗折夫做一个嘲笑的姿势。"别瞎扯啦！如果仗不是替我打的，那是替谁打的呢？就只靠了你吗，呃？好啦，家里的情形怎样？我想你们也许遭了抢劫，房子也给烧倒了吧？"

"不，他们只拿去了你的产业，你儿子们的他们不动。他们本想把普拉斯考维亚下狱的，但后来却放回来了。他们像传说的一样好，红军不糟蹋妇女。人们都打仗打得累了。他们都像鬼一样地工作起来了，彼得·伊凡诺维契。现在的生活比从前好过得多。一个减轻的粮食税则已经施行，自由经商也开始了。投降了吧，我告诉你，那样你也许可以保全性命。还有麻烦呢，唉，家里还有老大的麻烦呢，彼蒂亚。"阿德利安的语音颤动了。

"麻烦？什么麻烦？"彼得·伊凡诺维契的心惊慌地急跳着。

"那是考尔迦。"

"考尔迦出了什么岔子啦？"斯托罗折夫变了嗓子叫着，"他们把他杀了，还是怎么？"他跳起来，抓住阿德利安，用他那双硬手疯狂地摇着他。

"你疯了吗？"阿德利安骂着他，把自己挣脱开，"你这鬼土匪！你想谁能糟蹋一个小孩子呢？你把他们当作什么了，野兽吗？"

"好啦，别扯下去啦，告诉我吧，老东西，"斯托罗折夫用手蒙住脸，"说他到底出了什么岔子啦？"

"他给马踢了。鬼晓得怎么一来就踢在额上了。"阿德利安摁着打火机，燃上他的烟卷。

"他踢死了吗？"彼得·伊凡诺维契气急败坏地问。

"没有，医生说他还可以活下去。"阿德利安还想多说几句，可是这当儿远处有一辆车子的辘辘声传来了。

"逃掉，不然他们就会杀了你。人们提起你来都是恨恨的。嗯呜——你简直像只狼一样！你应该逃到一个什么地方去。"

"我到哪儿去呢?"彼得·伊凡诺维契痛楚地呻吟着。马上他是孤独的了，黑夜又展现在他的面前。

"你应该到外国去，反正你在这儿是没有一点办法的。"

车子轰然地近了。斯托罗折夫摆摆手溜掉。阿德利安四周瞥一遭，抬起腿来赶忙地走开。一会儿他也隐没在深谷里瞧不见了。

八

　　那天夜里斯托罗折夫躺着，把脸深深地埋在草里。他想哭，可是眼泪却拒绝了涌到他那火烫的眼睛里来，只有一股窒闷的感觉，仿佛有一块大石头压在他的心上似的。他不能相信考尔迦是被马踢死了。不，不，它不会踢死他的。他记起当他儿子刚会走步的时候，他怎样地把他放在一匹母马的脊梁上，那孩子就用两只小手抓住马鬃，他的脸喜得笑红了，他一直骑下去，呀呀地急于学着说话。

　　"他们把考尔迦杀了！杀了我的儿子。我想让他进学堂，让他在这个世界里上进起来，那么他就可以变富，增殖他父亲的财富，把他父亲的田地再增加几百个迭亚斯丁，那么几里周围的人就都要对斯托罗折夫的家族脱帽致敬……他们杀了考尔迦——我的儿子，我的后生子——可是也许他还依然活着呢？"

　　奇形怪状的云片静静地滑过去，山涧的虚寂里发着一点声响。

九

　　一连两天彼得·伊凡诺维契绞在痛苦里，在矮林中游荡着，又总是回到他本村的附近处来。

　　最后他决计要打回家去，在一两个钟头之内把红军们驱出村庄。

　　"谁晓得呢?"他跟他自己说，"也许他们的人并不多吧?"

　　他掘出那支埋藏了的机关枪，还有弹药筒，从同一个隐藏的地方他又拿出手榴弹来。那一夜他向村里走去。

　　一切都是寂静的，人们白天在田里工作得疲乏了——因为这是顶忙的季节——都鼾睡在床上。狗也静着，连更夫的使人心安的梆子声都听不见了。

　　压住气息，斯托罗折夫偷偷地溜到打谷场上。两个被夏天太阳晒得干裂了的打谷仓一先一后地起火了。一分钟后，几个铜钟不停地摇了起来，全村里都被谷仓失火的事惊醒了。间或钟声歇了下去，但一会儿它又轰响在耳边了。

　　突然——一颗炸弹落在火旁边顶稠密的人堆里了。它震烈地炸开，于是一切又归寂静。有人扯长了声音哀哭着……又有两个炸弹扔过来了。人们喘着气挤到一块。随后，好像遭到了一下致命的打击似的，又向各个方向四散开去。

彼得·伊凡诺维契的嘴唇闭紧着，毫无感情地，他把致命的机关枪火向街心里射去。

从司令部附近传出一道紧急的命令。惊慌的奔跑停止了，有一瞬工夫那儿是寂静的。随后来复枪剧烈的枪火开始了，红军的机关枪嗒嗒地回答着斯托罗折夫。

一颗枪弹的顶针刺穿了斯托罗折夫的右腿。立刻他的靴子里觉得发湿，他的心也清醒了。他停下来，丢下他的机关枪和来复枪，并且因为他受伤的腿已经不能走路，他只好爬到黑夜里去。他掉到一个场园上的地窖里。这样地，他得救了。因为他一面躺在那里一面可以恢复自己，而红军却到远处的山间水塘里去搜索他了。

十

现在他什么都没有了，不管是马还是军械——只有一支手枪、两筒弹药，还有那把军刀，他现在当作一支手杖用来扶持着走路了。希望吗？一点也没有。什么地方他都听不见机关枪的嗒嗒，或是野炮的轰响。叛变消灭了，好像潮湿的木材咝咝地冒一阵难闻的烟就熄灭了一样。

重新镇定下来，乡野里的人们又在打谷场上劳作了，因为这一年是一个伟大的丰年。日子慢慢地过去了。斯托罗折夫游荡着的无形的圈子一天天向他围近了。

将近一个星期以来他觉得发烧。脚上的创伤非常疼，使得他既不能转动又不能睡觉，他简直不能够挪动身体，他的肌肉消瘦下去。他愤怒地叨念着战争和胜利。然而这些玩意儿却依然带了企图报复的无餍足的欲望把他激动起来。

他害饿了。他到处巡行着找寻吃食，可是什么也找不到。目前，能找到几个白薯或是一点点粮食，在他已是很稀罕并且很幸运的事了。

十一

　　有一次在地边上他遇到一个讨饭的老婆子。她被恫吓得要死，就把她所有的碎屑和硬面包皮都给了他。从那以后他足足吃了三天。以后又来了猎食的日子，艰难无望的寻找吃食的日子。最后，饥饿搭来了恐怖。斯托罗折夫决意要到他堂兄弟的农庄上去试探一下子。

　　那是一个殷实的田庄，坐落在一个小山上，跟村庄和大路都隔离得很远。很明显地人家已经看见他了，因为当他走近时人影子都赶忙地躲开了，而那条平常总是锁着的大黑狗却在打谷场边迎上他来。

　　彼得·伊凡诺维契从鞘子里抽出刀来。狗凶猛地咬住他的刀，把嘴割破了，这使它越发蛮悍起来。最后，彼得·伊凡诺维契也大怒了，决意要骗一骗这条狗。他把刀追近狗的胸膛，而当狗猛扑到他身上来时，就从侧边砍着了他。那条狗微弱地尖叫一声滴着血跑开了。斯托罗折夫偷偷地溜到房前去推推门。门从里边闩住了。他敲门，敲门声没落而空洞地回响着。在那些垂着帷幕的窗子里一切都是寂静的。斯托罗折夫跑到谷仓和打谷场去试探了一下。每个门上都挂着沉重牢固的链锁。他回到房前，用拳头和刀柄猛力地打门。一点声息都没有。他呼喊，祈求并且哀告，万分疲惫地哭泣着。还是无效，田庄里的一切都静悄悄的。

于是他动起蛮来，用军刀劈窗子。窗玻璃打碎下来门开了，一个魁梧的长胡须的农人手里拎着一杆土枪，出现在门口。

"你干吗？"他问。

"为了基督的爱。"斯托罗折夫叫着说，"给我一点面包吧，潘台勒·路琪支，我快要饿死了。"

"我正要用子弹替你充饥呢，像你们这种土匪就应该那么办的。"那个人愤怒地咆哮着，"阿莉沙，拿点儿面包皮来。"他向后面的走廊里喊着。一只手从走廊的一个什么地方伸出来，拿着一片面包。彼得的堂兄弟分明是连看他一眼都不高兴，那个人把面包放在门前台阶的栏杆上。

"拿着走吧！再也别来啦。如果有谁瞧见，连我也是性命交关哪。"

"不过我们从前还是朋友哩。现在你已经把自己出卖了！"

"悯人先怜家呀，彼得。你们反正已经豁出去了，可是我却还想再活一阵子呢。"

"你觉得你会在红军治下变富起来吗？你想他们会给你一些什么吗？"

潘台勒·路琪支凑到彼得·伊凡诺维契的耳边低声说："你的话讲到我们心里来了，彼得，可是我们已经屈服，泅水要顺流。我们得停些时候，磨快了牙齿，那么等我们的时候一到，我们就比过去聪明得多了——我们现在已经学会了怎样打仗。别咒骂我们，悄悄地走掉吧，暂时过几天坏日子，以后还有出头之日呢！懂得我的意思吧？那么拿起面包来，愿上帝赐福给你。"

彼得·伊凡诺维契瞧瞧面包，嘴里津湿了。可是他从面包皮上扯回手来，用脚跟转过去，走掉了。

"嘿！"潘台勒在他身后喊着，"嘿，彼得，听见吗——为了你们这些家伙宣布了一次大赦呢，投降了吧，你还不至于处死。今天是星期一，大赦期截止到星期六，赶快吧！"

斯托罗折夫回头望着，朝着田庄的方向吐一口唾沫，对潘台勒晃晃拳头，又跛着脚走了。

在十字路口一根柱子上他看见一张告示钉在那里，那就是赦免一切自动投降的人的命令。彼得·伊凡诺维契撕掉了告示，走进山谷里去了。

而今末日就要来了，四天以来他没尝过吃食的滋味。他昏迷不醒地躺在离他本村不远的一个地方，一次又一次地他读着大赦的告示。明天就是星期六，过了明天指定的期限就要截止了。

突然他又记起潘台勒的话来："你的话讲到我们心里来了，彼得，可是我们已经屈服。"

斯托罗折夫笑了。"他是一条狡猾的老狗！现在变成狐狸精，你瞧！"他后悔没有拿潘台勒的面包，而称他是一个叛贼。"看起来潘台勒也许走了一条对路，"他想，"并且也许是一个顶聪明的做法，也许他预料得很对，高兴我也要变节了呢。"

"一点不错，"他最后决定了，"让我们瞧到那时候哪条路是顶好的，野兔的办法呢，还是狐狸的办法。"

"也许人们会觉到在不远的一些地方有新的军力在聚集，几个别的领袖还依然活着，并且已给准备好要给他们的敌人一个最后致命的打击了。村庄里街道上的和平景象也许完全是一个骗局，也许就有人在等待着像我这样勇敢的人去号召他们了。"

"那么我就这样武装着去投降吗？我就去向他们告饶说：我饿回来了，你们瞧着办吧，只要给我一点点面包和一点点性命呀？"

"那么，现在，"他犹豫着，"我自己认了呢，还是再等些时候呢？我再等些什么呢？在我的眼前就只有黑夜，黑夜之后又是一天的饥饿，在耀眼的阳光里——一打一打的日夜，于是秋天，雨，雪……和死，呃，死。这么死或是那么死，反正总有要命的一天。肚子里吃得饱饱的，在家中把孩子老婆和考尔迦搂在怀里，然后再死不更好一点吗?"

最后斯托罗折夫决意要投降了，可是比指定期限迟一天到达革命委员会的办公处，"我星期六不去，星期日去。无论如何，靠我这坏腿一天工夫是走不到村里去的。对了，那样也可以使他们知道我并不害怕他们的军事法庭。"

"他们也许会枪毙我，"他对他自己说，"不过至少我可以吃得饱饱的让他们枪毙。我还可以看见我的家里人，并且还有许多熟人守在旁边。"

"不过也许他们会饶了我，"这个思想在他脑袋里晃着，"啊，好吧，那在我反正是一个样子的。"

"那么，列毕亚致湖畔的地呀，我们再会了。再会。"

星期日的傍晚时候，斯托罗折夫在水塘里洗一个澡，把自己装束得整洁了，开始跛着脚向村里走去。

十二

　　杜哈契夫斯基离开这儿到莫斯科去了，列望达夫斯基接受了剿灭叛军的军队的司令职。现在他们的事务并不比从前轻松。那最后的一些对于苏维埃政府之诚实的踌躇的怀疑需要消灭，而对于它的爱护需要抚育和培植。

　　农人们的马匹——打仗打得瘦赢，疲惫而且残废——简直不能把沉重的裸麦从田野拖到打谷场上了，而恰巧又是大丰收。村舍里沸腾着欢乐，新裸麦面包的香味从每家房子里飘出来。

　　从打谷场到田野中间走着红军的兵士，健强而且敏捷，都急切地工作着。他们割了又捆，打了又簸。他们把他们自己的战马套到犁上，刈禾机上，打禾机和簸谷机上去。那些红军的马匹从战争和对敌人的追逐里休养过来，把麦捆拉到打谷场，把粮粒拉到仓房。

　　每天列望达夫斯基从军官们那里接到报告说有多少马匹和人去帮忙农民了，每天他接到新的通知说几百个迭亚斯丁的地已经收割并且重新耕好了。他满意地微笑着。这种工作增进了农民跟红军间的友谊关系，以及农民对于党和政府的理解。

在斯托罗折夫的本村德甫里基驻屯着一连步兵，一共有二百个红军兵士。分住在各个住户的家里，渐渐地——几乎是不知不觉地——跟村里的生活打成一片，跟人们成了朋友，并且简直是被同化了。他们有的真想在这片丰饶的黑土上好好地安居下来了。

赛尔给伊，彼得·伊凡诺维契的当水兵的弟弟在六月里回来了。他离开村子在外边过了四年，然而看起来并没有一点变化。他有着从前一样的黑胡须，一样的蓝眼睛带着它们冷冷的注视的眼神，仿佛要戳穿别人的灵魂似的，和一样的黑色鬈曲的头发，从帽子底下露了出来。

只是这水兵的衣服不同了。他戴一顶棕黄的宽边的圆帽，一直束到膝头的皮靴，和一件外国式样的灰色紧身。不过在紧身里面还可以看见那件蓝白条的旧水兵背心。他还有一支小手枪，像个玩具一样，戴在腰带上面。

十三

在夜间，农人和他们的老婆，以及年轻的小伙子们都聚焦在革命委员会的房子里。

主席赛尔给伊带来最新的报纸，跟他们谈着税则和自由贸易，还读列宁的演说——列宁那时候常常演说——并且替农民们计算着每人应付的粮税的数目。他们互相开着玩笑，挤眉弄眼，还讲些笑话。

等他们统统回家去以后，赛尔给伊·伊凡诺维契就把自己关在房中，在那间房子里他工作，睡觉，从草铺底下抽出数学、化学和物理的书籍，演习一整页一整页的公式和数字，一直坐到深夜，他读着，写着并且删改着。

在他上床睡觉以前，他要到村里去巡行一周，检查岗兵，或是坐在房子的台阶上望着银河慢慢地淡下去，曙色从远方偷偷地上来了。赛尔给伊·伊凡诺维契就伸伸四肢直到关节都发响了，他还要在台阶上多待几分钟。时常有一个迷人的女孩子的幻影涌现在他的面前。于是赛尔给伊就蔼然地笑了——笑他自己在想着本乡的暴风雨已经过去，那些劳苦的人们都安静地睡了，而那个女孩子却还在远方的市镇上焦急地等待着他。

十四

　　那是一个晴明宁静的夜晚，斯托罗折夫回到村庄里来了。在他面前躺着熟识的街道，较远处的巷子笼罩在迷蒙的暮色里。缘着绯红的天边，厚实的云彩渐渐地堆积着。一股沁凉的气息从菜园里吹过来，尘头起处一群羊回家来了。

　　还是和从前一样的一堆堆的小房子向洼地里延续下去，再爬上小小的山丘，又低降到河边去了。它们的窗子闪映着欲燃的斜晖，礼拜堂上的十字架在青天里闪耀着。

　　然而村子里现在却过着一种不同的生活了，它不再像春天时候那样隐秘的岑寂了。那时候生活好像院墙里面的一个蒙罩着的声音，家家户户都没有生气，永远听不见愉快的歌声、嘈闹和嬉笑。人们从后门的路到井上去，低声谈着那些黑暗可怕的日月。

　　可是现在，当斯托罗折夫走近村庄时，他听见一个手风琴的乐声，在一个什么地方，他们在唱歌。时而有亲昵的笑声传出来，街上充满了生气。

斯托罗折夫艰苦地缘路走着，他到哪里，那里的歌声和谈话就停止了。孩子们逃进屋里，向外瞅着，指着他。他低着头一直跛行下去，扶着他的军刀，人们从远处望着这个另一世界里的东西。

没有一个人邀住斯托罗折夫，没有一个人喊他的名字，没有一个人问他好。可是他回来了的消息却立刻传布出去，一直到远处田野中的孤零的房子里。

革命委员会会舍的门开了，斯托罗折夫的弟弟赛尔给伊走出来接见他。蓝色的烟从赛尔给伊的短烟斗里卷起来，他把黑色的劳动衣扎在裤子里，一支手枪挂在皮带上。彼得·伊凡诺维契到得台阶上就疲倦地坐倒了，看样子挺可怜的。他受伤的脚痛楚着，他疲乏了，向往睡眠比向往世界上任何的事物都来得渴切。

跟他弟弟不期的遇合并不使他惊异，在他看来，事情就得那样，那是命里早已注定了的。

赛尔给伊从嘴里扯出烟斗来，在靴后跟上磕去了烟灰，把它放回口袋里去，开口向他哥哥说话了。

"那么你终于回来了吗?"

彼得·伊凡诺维契点头表示同意。他觉得仿佛他是第一次看见这么一张刮得整洁的脸，带着一个好像用石头雕出来的下巴。这个人跟他有血统的关系，然而却像路人一样。

"你是来自动投案吗?"

彼得·伊凡诺维契不说什么，他的头低着，好像什么也不想的样子。

"你累了，这是怎么?"

彼得·伊凡诺维契嚅嗫着:"对啦。我想睡觉。"

"好吧，我们明天跟你谈吧。"赛尔给伊叫过一个红军兵士来，说道，"领他到仓房去。"彼得·伊凡诺维契强挣着站起来，不禁呻吟了一声。

"你受伤了吗？"

"对啦。"彼得叹口气说。于是他摘下他的手枪来递给赛尔给伊。赛尔给伊望着他跟在红军兵士后面跛走着，对自己说道："狼到底回家来了。"

十五

　　第二天早晨，斯托罗折夫醒得很早，仿佛有什么东西在撞他那只受伤的脚似的。他睁开眼睛，一线阳光射在地板上，四周有一圈微尘飞舞着。

　　他还没有恢复过来，依然有点儿瞌睡。他听见墙那边有低低的语声。

　　"他正睡觉吗?"一个小孩的声音问。

　　"嗯，乖乖，他正睡觉呢。"一个女人的声音。

　　"爸爸呢——在仓房里吗?"

　　"嗯，乖乖，他在仓房里。"

　　"他正睡觉吗?"

　　"嗯，考吕式迦，他睡得正熟呢。他马上就醒来，他又可以看见爸爸了。他头都灰白了，乖乖，他老了许多呢。"女人啜泣着。孩子不作声了。

　　"他回来投降得太迟了，你那爸爸。"一个斯托罗折夫很熟悉的语音在门口咆哮着，"他不照一定的时候来，那个土匪。至于说他的头发灰白了呀，哈——狼都是灰白的。"

彼得·伊凡诺维契摆脱他的睡意。

"谁在那儿?"他高声问。

"彼——伊——蒂亚!"女人尖声哭喊着。斯托罗折夫一骨碌从他睡觉的凳子上爬起来，痛苦地跛着走向门去，用他那只好的左脚踢着门。

门闩倒下去，门开了，放进了晴和的阳光来。斯托罗折夫的心急跳着。站在仓房对面的草土上的就是考尔迦，他的儿子。原来这孩子还活着哪！普拉斯考维亚坐在一块树根上，哭着，手蒙住脸，考尔迦赤着脚只穿了一条裤子，正在惊异地望着那个站在过道中阴暗的一片长方地上的守卫的人。彼得·伊凡诺维契把身子靠在门边的柱子上以免跌倒，因为他的头发晕，腿也好像毫不管用了。

定醒了一会之后，他恢复了气力，于是拖起疼痛的脚走向考尔迦去。可是那孩子却不承认这个头发苍白有着纷乱的胡须和遮在长眉毛底下的深深凹陷下去的眼睛的人是他的父亲，他尖声叫喊着逃到他母亲身边去了。那个红军兵士奇异地瞧着这场聚会，一面坐在那儿用一把芬兰小刀在一条柳枝上刻着精细的花纹。

彼得·伊凡诺维契把哭泣着颤栗着的考尔迦搂在怀里。孩子的额上有一片鲜红的镰刀形的疤痕。他把儿子紧紧地抱在胸前，吻着他那褪色的裸麦颜色的头发和充满了泪水的眼睛。在他们身旁，普拉斯考维亚哀哀地哭泣着。

等每个人都哭完了心里的悲哀重新安静下来的时候，普拉斯考维亚告诉他考尔迦和死神的长久而苦楚的挣扎，在孩子还没有恢复之前的那些不能睡觉的可怕的夜晚。她又告诉他今年的收成多么好，裸麦已经打完了，一个新的粮食税则已经施行，阿德利安说现今的生活比从前舒服得多了。

后来一提起这个无可挽救的难题时，她又哭了。她相信现在他已经误了大赦的期限，他要被枪毙了。她责备他忘掉了家族和田庄，一定要去管些不干自己的闲事。

斯托罗折夫不注意地听着老婆的责备，一种困恼和烦忧的奇异的感觉占有了他。他没有想到她也会这样。她既不劝他求饶，也不说田庄上没有他就要破坏摧毁了。她只是责备他。

"哦，够了！"彼得·伊凡诺维契打断他老婆的哭诉说，"那种事情你一点也不懂！做了的不能不做，看起来你好像不再需要我这么蹩脚的人了呢。"他讥讽地增添说："你根本就没有替我打算。你应该替我带几件麻布衬衣和衣服来，你瞧我穿得这么破烂。现在想到死还太早一点，我们还不知道是否我要被枪毙呢。反正无论怎样都没有多大关系，要死也只死一次。"

普拉斯考维亚赶忙解开她带来的包袱。可是那个一直安静地坐着的留着胡须腮上系着绷带的红军军士却走过来抢走了那个包袱。

"这是不能允许的，"他安闲地说，"有什么必需的东西可以交我们转给他，现在你们谈的也够了。你可以回家去了，如果赛尔给伊允许的话你晚晌再来吧。赛尔给伊说要我们现在带他去洗澡呢。"

普拉斯考维亚走了，考尔迦牵着她的衣角，一再地回过头来望他的父亲。

红军兵士解开包袱，拿出几件麻布衬衣，一条裤子，一件紧身和一顶帽子，递给彼得·伊凡诺维契。一张大肉饼和一些肉依然放在包袱里。

"给我点什么吃吧。"斯托罗折夫要求。

"你可不能吃得太多了，"年轻人说，撕下几块饼和一点肉，"要不你就会充死了，可是你还得在死前受一次审问呢。"

"啊哈，你错了。我想现在剩下的事就只有审问了，不是吗？"彼得·伊凡诺维契贪切地吞着饼，"以后怎么样？——我就要被处死了。"

"是否你要被处死还要等着瞧呢，"红军的兵士说，当彼得·伊凡诺维契动手抓肉的时候他一下把他的手推开了，"不行，如果告诉了你不能吃，那就是不能吃！你听见了吗？你知道跟你说话的是谁吗，彼得·伊凡诺维契？"

斯托罗折夫掉转头来惊异地端详着这个留着胡须的家伙，穿一件卡其布的上衣，肩头上随便地披着一件外套。在那双眼睛里，那两片恶意嘲弄的嘴唇和撅起的鼻子上，有一些奇异的熟悉的什么。

"你瞧你变得多么迟钝并且高傲呀，"年轻小伙子惨笑着说，"你连你自己的人都不认得了吗，呃？我们不是并排地骑着马一同过了一年，并且在那以前的十二年中每天都是见面的吗？"

斯托罗折夫终于认出他来了：那是楞迦！

"楞迦，原来是你！"他低声说，惊呆了。

"我们终于又见面了，彼得·伊凡诺维契。我只当是你早已给人家杀死了呢——我还替你难过了一阵。我们还有账没有算清呢。你还欠着我一些什么。"

"我欠你一些什么吗？"斯托罗折夫问，"我欠你的是什么呢？"

"你已经不记得了，呃？可是我还没有忘记呢，彼得·伊凡诺维契，我记得挺牢靠的。"

小伙子甩开一绺头发，露出一个粗糙的红的疤痕。"这是你那马鞭子留下的记号。你记得吗？有一天在野外——冬天时候？"

彼得·伊凡诺维契突然记起来了。那是一个下霜的晴朗的日子，那天楞迦舍弃了他。

现在楞迦站在他的面前，嘴唇严厉地紧缩着，额上有着深深的皱纹。这再也不是那个可以呵斥，可以用鞭子威吓的孩子了。楞迦已经变得老了一些，也严厉了一些。

四个月以来——自从纳塔沙给送到医院去以后——楞迦就只想着怎样去找到彼得·伊凡诺维契，把他那一腔的愤恨告诉他。照楞迦的意思，彼得·伊凡诺维契对什么都有罪过。他甚至会勾通敌人。

现在他们会面了。斯托罗折夫从这小伙子的瞪视中觉出一种非人性的愤怒，一种好像是野兽的愤怒，那使他抖了起来。

"原来如此吗？楞迦？"他哑声地说，"那么，你想杀了我吗？我在你手里。杀了我吧！"

"不行，我们不能那么个干法。我们的人都是严守纪律的。不过我可以告诉你，我恨透你了，恨得我咬牙切齿——我想跟你把旧账算清了——我自己的和纳塔沙的——一切都算清了。啊，好吧，我想总是一样——他们也不会饶了你的。"

彼得·伊凡诺维契从睡梦里被叫醒来。他弟弟站在他的面前。

斯托罗折夫伸展一下，从桌子上拿起一个瓦瓶来，吞了几口冷而滑的酸乳的凝块。

"睡好了吗？"

"很好了。"彼得·伊凡诺维契回答。

"好吧，今天晚上吃过了晚饭，我们谈一谈，"赛尔给伊·伊凡诺维契宣布道，"我们要谈正经事了。"

赛尔给伊对他哥哥显得很严厉，他哥哥坐着一个凳子，两只手凭在上面。他那高高的前额紧蹙着。死的想头又一次地爬进他的心里来。

"好吧，"他说，话音有点哽咽，"我们得谈一谈，以后呢——我就要被枪毙了，不是吗？"

赛尔给伊一直没有回答，他掏出烟斗来装满了烟，这才说话。

"今天晚上再谈吧，"他说，耸动着那罩在铜铁般黑眼睛上的眉毛。"现在你可以回家去了，楞迦！"他叫着："把他带回家去。"

"你得让我歇班了，赛尔给伊·伊凡诺维契，"楞迦抑郁地说，"我保不住自己，我太恨你的哥哥了，我真想杀了他。你听见我说的话了吗，赛尔给伊·伊凡诺维契——我恐怕压不住自己呢。我心里像一把火似的。"

"我一时忘记你了，下次我再不这么做。懂得吧？"赛尔给伊抬起他那双冷冷的眼睛望着楞迦的脸。"我们不是土匪。要把握你自己！好啦！明儿个你就可以清闲啦，"他说着走出仓房去，"明天早晨你就可以去做活了。可是现在你得带他回家去。"

楞迦把手举到那顶带着一颗梅红的破星帽徽的褪色到几乎发白的帽边。

"你拖延了多少时候呀，你真应当连鬼魂也给消灭！"他愤怒地咕噜着，这时候革命委员会的主席已经走远了，"你那弟弟替你耽搁得太久了。还等一个什么命令，要依我，马上送了你的命完事……噢，也是一样，明天早晨我也会送你的命的。"

"明天早晨，"赛尔给伊临走时跟楞迦说的话总是回到斯托罗折夫的心里来，"明天一早你就可以清闲了。"

那么分明就是明天了？明天！那就是说有几个短短的钟头，不多不少，确切得有点儿残酷了，你不能摆脱它，可又不能提早，也不能延缓。心每跳一下，就离那时间更近一点，到时候它就不再跳了，被那飞速烫热的子弹戳断了。

明天……

就只有一夜了，他留在这温暖幸福的世界上。

在这儿多么好哇！一条狗停在仓房前面摇着尾巴，仿佛欢迎他似的。明天它就要舔他的尸首了。

一队红军兵士走下大路去，灰尘从他们肩头上飞起来。明天他们就要拿枪打中他的心窝了……

"走啊，"楞迦从沉思里回转来说，"一会儿就要黑天了，黑了天你在家里干吗呢？你想我还让你跟你的老婆睡觉呢。"

彼得·伊凡诺维契站起身来。在原地方局促不安地站着，转来覆去，好像丢了什么东西，他不能够相信他马上就可以回到家里，看见考尔迦和他的家族……

十六

他那幢在门廊上装着风信鸡的石筑的房子，矗立在礼拜堂的附近。从赛尔给伊的那半幢房子的台阶上，一张脸孔伸出来窥探了一会又进去了，那是他的母亲，她不出来跟他见面，她也生她儿子的气，并且还叫他是一只狼或是一只癞皮狗。

他的狗跟在斯托罗折夫腿后边吠着，扑咬着。楞迦威吓了它，它就嗷叫着跳开了。

斯托罗折夫踏进门限时，他的心狂跳着。整个的一家人正围坐在桌子边吃晚饭。那扇无声地敞开来引入了斯托罗折夫的门又无声地在他身后合上了。房子里已经挂黑影了。斯托罗折夫画个十字。

"上帝祝福你们的饭食。"他用一种简直听不出是自己的声音说——那声音破碎而且颤动。匙子的磕碰和杂乱的声响都停止了。

"爸爸！"大儿子伊凡喊着。他们都停住吃饭，却没一个人动一动，没一个人跳起来欢迎他。他站在屋子当中，这儿没有位置可以让他坐下。最后，阿德利安捋着胡须，用一种在彼得·伊凡诺维契听来仿佛含有一些惊慌的语音问道：

"是他们放你出来的吗？"

彼得·伊凡诺维契没有回答，普拉斯考维亚本来呆呆地坐在那儿仿佛没有听懂的样子，现在却哭起来了，考尔迦也突然哭了起来。

"哎哎，你们嚎哭干吗呀？"阿德利安粗声喊着，"你们又不是替他下葬，不是吗？坐下吧，彼得。"

阿德利安的声调很像是一家之主，彼得·伊凡诺维契吃惊了。他走向桌边去，想在长凳上坐下来，可是他的儿子们却把地方占满了。阿德利安，普拉斯考维亚，还有她的妹子卡泰琳娜都坐在杌子上。房子里再也没有更多的椅子、凳子或是杌子了。

"挤一挤！"阿德利安向他的外甥们咆哮着。他们互相推着胳肘，给他们父亲匀出了一点空地。现在他们都挤在一块不太舒服了。

"给他一点粥，"阿德利安命令道，"回家来一个人就谁也不懂人事了。"

普拉斯考维亚抓起一个汤盆跑到火炉那边去，她的脚让她坐的杌子腿绊住了，盆摔碎在地板上。彼得·伊凡诺维契吓了一跳，阿德利安咆哮地骂着女人们的笨拙。普拉斯考维亚把一盅冒热气的粥放在丈夫面前，又跑到厨边去找匙子，做一个气愤的姿势，她跟出房去，一分钟后带回一把从邻居家借来的匙子。

孩子们静静地吃着他们的晚饭，不停地用好奇的眼光注视着他们的父亲。

"呃，有什么新鲜事儿吗？"彼得·伊凡诺维契问，冲破了枯寂，"粮食的收成怎样？"

好像他的儿子们跟阿德利安早就在等待着这种问询了，他们立刻开始讲，讨论着粮税，买卖，燕麦。商量着一个什么牛犊子说是要卖给伊凡·费多蒂赤去。很明显地，他们已经把他们的父亲忘掉了。

阿德利安跟中间的儿子阿历克西大声地争辩着牛犊是否应该卖掉。

"什么样的一条牛犊呀?"彼得·伊凡诺维契问,"你们干吗想卖掉它呢?"

于是他们又记起坐在他们身边的父亲来,大家都不出声了。过了一会,阿历克西说:"牛犊一定得卖掉。它没有一点好处,它不会生一点利的。"

"它是一种糟牛犊,那倒是事实。"伊凡增添说。

"住嘴,"彼得·伊凡诺维契咆哮着,"你们懂得什么呢? 你们就晓得把东西卖掉了,用到时再千方百计地去买回来。"

"我们就是那样,"阿德利安插进嘴来说,"我们从杜伯赫夫斯基用一担干草换了它来,现在它就只好杀肉吃,不然就得卖掉。听着,万迦,吃完晚饭你到伊凡·费多蒂赤那里绕一趟。告诉他来牵去那条牛犊。"

关于牛犊的谈话又变得热烈起来了。

彼得·伊凡诺维契静静地坐着,他心里有一种不安的疑虑,他感到非常的困扰。他真想大喊一声,使一切他们的设施都见了鬼。究竟他才是这一家之主呀——然而不晓得为了什么缘故,他并没有跳起来,也并没有喊。

辩论继续着。只有考尔迦不懂得他的哥哥们争辩着一些什么,坐在那儿睥睨着他的父亲,像一只小野兽。彼得·伊凡诺维契想把他搂在臂里,然而孩子却像一条蛇似的从桌子底下滑走了。他父亲探出身去追他,考尔迦就没命地叫着,跑到他舅舅跟前去找寻庇护。阿德利安把他放在膝头上哄着他,那孩子却高声吵闹着,指着他的父亲。

"这是个生人。"他啜泣着说。

"他不是个生人,考尔迦,是你的爸爸。"母亲说。她想把考尔迦从阿德利安身上抱走,可是他连踢加叫,变得更厉害了。

"生人,生人。"孩子嚷着。

彼得·伊凡诺维契觉得不大好受,就站起身来向着门口,说道:

"我要到场园上去看一周。"

"呃，去吧，去看看吧，"阿德利安在他身后说，"仔细看看每一件事物。陪你爸爸一同去，瓦西利，告诉他我们怎样地操作。"斯托罗折夫，瓦西利跟楞迦一同到场园上去了。

在洁净宽敞的畜栏里，羊在窸窣着，一头母牛听见脚步声转过头来，哞哞地叫着，又转回去了。

"马呢?"

"我们把它们赶出去吃草去了。现在有一个兵跟我们同去。"瓦西利吹嘘着说，"因为听别人说这儿有一伙土匪，我们害怕……"

"你这狗仔子!"斯托罗折夫怒吼着，"你想挨一顿好揍了，你这小混虫!"

瓦西利站在那里恐惧地眨着眼睛，咬住一束干草。

"他说什么土匪!……"彼得·伊凡诺维契想打他儿子几个耳光，然而楞迦却上来排解了。

"好啦，好啦，已经够啦! 你又觉得自己是家主了呢，不是吗? 让我们往前走吧。"

跛着脚扶着手杖，斯托罗折夫悻悻地绕着他的场园走着。他故意地找错儿，可是仿佛没有一点错儿，绝对地没有一点错儿可以给他找寻出来。

可是在回来的路上，因为走得太快，他碰在一堆干草垛上，差点儿给碰倒了。

"你们做活儿就是这么个做法呀，小鬼逮了你们去!"他喊着，欣喜着竟给他抓住一个发泄怒气的口实了，"把东西扔在人们脚底下，你这肮脏的猪猡!"

砰地合上了门，他正要高声吵遍了全家，可是阿德利安却愤怒地抓住了他。

"你叫喊些什么呢? 你会惊醒了考尔迦的! 又要打仗吗? 顶好还是

不要玩那一手吧，你叫喊的时代已经过去，老兄，你就要受你应得的惩罚了。"

阿德利安的粗鲁提醒了彼得·伊凡诺维契，他恐怖地回视着。普拉斯考维亚坐在床边拍着考尔迦，他在睡梦中还依然啜泣。别的儿子们都不在家了。阿德利安坐在房子前廊上吸烟。楞迦的脸仿佛要从火炉旁边黑暗的角落里向外望着。一个手风琴在外面街上奏着一个欢腾的调子，一伙年轻人唱着歌从窗外经过。

"事情就是那样。大家都替你担心不会有好的结果。"阿德利安喷着烟雾。彼得·伊凡诺维契做个歪脸，在窗前坐下来。一个苍蝇困在一个蜘蛛网上，连连地撞着窗玻璃。他抓住它，扯掉了它的腿，把它扔掉了。那个苍蝇依然惹人讨厌地嘤嘤着。彼得·伊凡诺维契拿脚踩上去。房子里非常静，只有考尔迦平衡的呼吸可以听到。

"他睡着了，"普拉斯考维亚轻声说，走到丈夫的身旁去，"将来会怎么样呢，彼汀迦？他们会杀了你吗，他们？"她用围裙的角擦去了眼泪。

斯托罗折夫不说什么，只是捏着自己的指头，直到关节都捏响了。

"唉，"阿德利安柔和地说，"我们往好处想，也得往坏处想。"

彼得·伊凡诺维契想起考尔迦的尖叫来："生人！"

原来他已是一个生人了，一个生人……

"他们毫不替我难过，毫不。"他想。

伊凡走进来，低声问了阿德利安几句话。之后，连望他父亲一眼都不望，就走出去了。普拉斯考维亚静静地哭着。

"好啦，"彼得·伊凡诺维契说，"现在我要走了。再会吧。"

"再会，"阿德利安伸出一只生着老茧的硬手跟他的妹丈握一握，"也许就没有事了呢。他们并不是每个人都枪毙的，高兴他们就不碰着你了。反正你是投了降的。"

楞迦从角落里愤怒地咆哮着一些什么，那一群唱歌的吵闹的人又从窗子外边走过。

"好好地照料孩子,"斯托罗折夫说,面色沮丧着,"照料田庄——看着考尔迦。如果……"

"你嘱咐了一团糟,彼得·伊凡诺维契。呃,真是一团糟,"阿德利安说,突然间叹息起来,"你完全打算错了。"

"哦,一点不错,"斯托罗折夫的语音里有一串奇异的颤动,"我知道我现在是到什么地方去。"

"啊,也许你当真知道,可是你知道目前要干吗么?"阿德利安吸了最后一口的烟,从窗口里扔掉烟头,又吐了一口唾沫,"你现在得去招供出你所做过的一切,他们要审问你每一件事……好吧,我现在得去看看羊群去了,明天我还要去看你的。"

"明天……明天。"在斯托罗折夫的心里闪着。

他离开这所房子,砰地合上了门。普拉斯考维亚塞一些什么东西在楞迦的手里,低低地带着哭声说:"给他这几个苹果。"

十七

　　斯托罗折夫疲倦地坐着，向后捋着头发打个哈欠。他觉得仿佛有点寂寞或是平静了。关于那个可怕的明天的想头消逝了，它已经不再扯他的心。

　　他整个的一生在他静坐沉思的时候仿佛完全分离开了，好像是另一个人的一生摆在他的面前。每当一个人窥进他知觉和欲望的最神圣的角落里时，这种分化的人格的感觉就往往会出现。当一个人把自己深邃的灵魂中顶光明或是顶鄙污的秘密做一番顶深沉的思考时——就像斯托罗折夫这样——一个人就往往会劈成两个了。他的心已经从感情的泡沫和浮渣里解放出来，遵从了一个严厉、定命而且不偏隘的审判者的定案，看清了怀疑、爱、憎和恐惧的纠缠——所有那些充满在人生中的事物。

　　当过去他在丛林和无声的夜雾里游荡着混过的那些冗长的时光，那时候悲苦的失望给过去的幻影代替了，那时候憎恨占了所有其他感情的上风，斯托罗折夫的心里还存有一星的光明，向着这点光明他决定了他那最后的日渐消泯的希望的方向。

人们剥夺了他的意愿，跟贫弱的人们一同自由过活的权利。他的权势跟他的土地一同被剥夺了——但他却是一个熟知而且尝味过甘苦和调节人生的人。

不，让他放弃了权势他是受不住的。他的同志们都变成了叛贼，带着他们的武器投降了，背叛了他们发过的要忠实并且死拼到底的誓言，而在准备将来起事的托词之下隐藏起来了。

他自己也曾欺骗过自己，像一只饥饿的野兽似的到处游荡着，徘徊在他放了火的村庄的凄惨的火光里，残杀着人们。

他也给神欺骗了。那些虔诚的祈祷，香和蜡烛又有什么灵验呢？

在这个苦难、荒冷和黑色的憎恨的世界里，他自己的田庄仿佛是一片沙漠中的沃地。在那里，像斯托罗折夫所想象的，人们都在等待着他；在那里是非他不可的；在那里，如果没有他，穷困和毁灭就一定要来敲打窗户了。

当他决意要投降并且自我死亡的时候，斯托罗折夫始终相信着在他被枪毙之前，在家里的二十四个钟头之内，他，这么一个被一切人欺骗了、溃败逃亡了的人，一定会遇见他所爱着的人们，从他们的眼睛里看出沉重的悲哀，于是休息一会，忘掉了所有他所遭受过或是想过的事情。随后，洗涤在自己家人的无际的哀愁里，他就会平静地渡到他的生命以外去。

然而这一切都毫无保留地完结了。

不懂人事的小考尔迦，他所顶爱的孩子，用一个字眼儿把彼得·伊凡诺维契的真相泄露了，一个简单的字眼儿显示了秘密而又是大家一律具有的想法。

他是一个生人……

对于所有的人他是一个生人，对于自己家里的人他也是一个生人。直到现在斯托罗折夫才清楚地看出来他对于他的家族实际上并不是必需的了。

总之，他离开他的田庄已经很久，阿德利安跟他的儿子们早已在这儿像他一样地主持一切了。

就拿牛犊的事作例吧。斯托罗折夫记得在春天的时候，阿德利安跟他的大儿子曾在邻村里看下了一条便宜的牛犊，就想买了它。彼得·伊凡诺维契在离家之前曾吵了他们一顿，把他们全骂了，叫他们作外行，不准他们买那条牛犊。终于他们还是买来了，并且做得很聪明。这是无可讳言的，他们破费得很少——只三蒲特的稻草。整个的一夏天它给放在牧场上跟别的牲口一同畜养着，到现在，恰巧在秋天来到以前，它就可以重价卖给一个屠夫了。

斯托罗折夫觉悟到在这几年叛变的中间，战斗着，流浪着，他已经失却了种庄稼的理由。那转动着他整部生活的轴，像一个轮子的轴一样，已经分明是折断了。

在最初，轮子自由着勇敢地滚向前去，被它自身的动力牵动着赶到前面。后来，丢失了动力，它滑跌起来了，左左右右地摇晃着，在崎岖不平的路上跳着。最后终于跌在路外边的一个什么地方，不能转动了。

就像这样地，彼得·伊凡诺维契的生活脱离了枢纽，脱离了田庄，脱离了经常严行遵守的惯例，在过去那种枢纽支持之下，一切的事情都转动着，为了获得的财富，银行里新增的几百几百的数目，新的多少个迭亚斯丁的地，新的马、牛、羊、工人和儿子……

于是生活起始动摇，跳跃，一直到完结在有着潮湿的粮食和老鼠粪的气味的生人的仓房里。

十八

    他的思想被一只拍在他肩上的手打断了，一个声音叫道："起来！"

    他醒过来。一些悠长的阴影掠过仓房的墙壁。彼得·伊凡诺维契看见他的弟弟站在凳子旁边，他身旁站着一个生人，一个个儿挺高，长得挺漂亮的人，穿着高靴和一件皮紧身。

    "他们来审问我了。"他心里闪动着，但突然又平息下来。那命中注定的，难以避免的收场已经近来了。赛尔给伊坐下来，那个长着漂亮头发的人依旧站在桌边。

    "那么现在，"他起始说，"我们就要畅谈一切了。隐瞒或者瞎说都是没有用处的。你是一个聪明的家伙，况且我们要做的事还很多。你什么都不必隐瞒了。"

    "我没有什么可隐瞒的，"彼得·伊凡诺维契回答说，"我尽可能地告诉你，可别希望我告诉你我所不知道的事。关于我的同志们，我什么都不想说。"

    "真的吗？好吧，就让我们只谈你吧。我们想知道你为什么比大赦的期限迟一天来投降呢?"

"我并不投降。"斯托罗折夫严厉地插口说。

"你不投降吗?"他的弟弟问。

"不,赛尔给伊,人们投降是在战场里,如果他们乞求怜悯的话。不过即便你是我的亲兄弟,我也永远不想跟你乞求怜悯的。"

"那也是毫无用处的。"赛尔给伊冷冷地回答。

"我晓得。"

"那么你干吗回来呢?"

"我回来找死来了,"斯托罗折夫沉郁地说,"我回来死在我出生的地方。我不甘心像一条狗似的死掉。"

赛尔给伊瞧一眼他面前的纸片。

"告诉我们,桑姆堡附近翻车的事情,内中有你吗?那件事情是差不多六个星期以前发生的。"

"嗯,是我干的。"

"独个儿干的?"

"独个儿,"斯托罗折夫的语音空洞地响着,"我那时候是孤独的,就像现在是孤独的一样。"

"你可知道,"那个长着漂亮头发的人抢在赛尔给伊前边说,"那火车是运粮食到莫斯科,去救济饥饿的工人和他们的儿童的吗?"

"不,我不晓得,"斯托罗折夫回答,又恶意地增添道,"如果我晓得的话,我还要多翻它十辆呢。"

问话的人被这出其不意的勇敢的承认惊住了。

"你能说实话非常之好。另一个问题,七月里到村里来骚扰,有几个打谷仓起了火,三个女人受伤,两个孩子死掉,那是你干的吗?"

彼得·伊凡诺维契面色苍白了,好像在对自己暗暗地叫苦。

"你撒谎!"他喊着说,"你胡说八道,你想在我死前污黑我的良心。我不相信你!"

赛尔给伊从他面前的纸堆里抽出一张布满着草率的誊写的字迹的纸来，递给斯托罗折夫。在冒烟的灯光的晕翳底下，他读着玛特梁娜·莎温娜的证明文件。在那个记得清清楚楚的夜里，她的儿子，女儿——他们的岁数总合起来是十五岁——被手榴弹炸伤，死了。

"呃？"赛尔给伊坐在那儿吸他的烟斗，分明没有瞧斯托罗折夫。

"我——我从来不想那么做，"彼得·伊凡诺维契支吾说，"我是来看考尔迦的——我那孩子——那时候他病得要死。"

"是你杀了玛特伟·别斯丢斯托夫的吗？"赛尔给伊冷冷地问。

"是的。"

"为了什么缘故呢？"

"我不想告诉你。"

"不告诉我们是一点用处都没有的。你懂得吗，彼得？你的把戏已经完了，就是曾经帮忙过你的也把你抛却了。在整个的乡野里没有一个魂灵儿是站在你这一方面的。"

"那没有关系。"

"那对于你既然没有关系，那么你为什么不说呢？你隐瞒些什么呢？"

彼得·伊凡诺维契突然记起潘台勒·路琪支以及他的低语和隐秘的希望来。他干笑着。

"你要根绝我们的党徒可是并不容易呀，赛尔给伊，那是非常难办的。虽然我是要死了，我身后却还有好多好多呢。他们现在不过是藏着严密守着沉静罢了。"

"你还依然希望着，依然等待着一些什么吗？那是不中用的，彼得。你没有看出来村子里是怎样的一种情形吗？"

赛尔给伊谈着人民说他们都赶紧抓住了恢复工作的机会，他们只渴望着一件事——在和平里生活下去。他提到彼得·伊凡诺维契跟他的朋友们应该负责的那泪水的海洋，和那些贫苦的工农的孤儿寡妇们所给予他们的咒骂，而现在那些贫苦的工农们却终于看到生活的光明的一面了。

赛尔给伊热烈地讲着，仿佛他想让那些依旧游荡在沟壑和丛林里的人们听见似的。他分明是忘记了，这儿只有三个人在听他讲话——一个他从前雇用的年轻的庄稼小工和那个从莫斯科来的长着漂亮头发的人。

彼得低头静听着这些炽烈的言语，那是他的弟弟在说话。他们是一个母亲生养的，在他们的脉管里流着同样的血液。

"记得有一次我曾告诉过你，彼得——不是你自己断送了自己，就是我们断送了你。现在我们又遇到一块，你已经完了。"

赛尔给伊越说越兴奋了，突然一下子跳起身来。

"简单一句话，"那个漂亮头发的人对斯托罗折夫说，"在俄罗斯只存有一个剥削者的阶级了，而你就是属于那一阶级的。你明天早晨就要死了，而你们的阶级也不会比你活得太长久。"

斯托罗折夫站起来。他的手颤抖着，他的呼吸急喘着。他向他的弟弟弯下腰来，赛尔给伊觉到他的气息的灼热的鼓烫。

"但愿你下到地狱里去！我要告诉你我为什么杀死了玛特伟·别斯丕斯托夫的，就因为他踏到我的地边上。那是我的地！为什么你们要抢走我的地呢？让他烂在那里！去吧，我什么都告诉你了。"

他扼住了胸口，咳嗽了好一会，一种可以把身体糟蹋了的厉害的咳嗽。于是他精疲力竭地坐在凳子上了。

赛尔给伊慢慢地合拢起他的纸片，把它们塞在一个硬纸夹里，再把纸夹放进一个破旧的信匣。他的烟已经熄了，烟斗无用地含在嘴里。他戴正了他那滑到后脑勺上去的帽子，忽然记起冷却的烟斗来了，就把它装进口袋里去。后来他又把它掏出来了，想再吸几口，他把信匣放在桌子的另一头，站定了。

"你还不如自杀了好，"他低声说，"我宁愿自杀也不带着像你那样的思想回到我的敌人这里来。你到底为什么回来呢？"

彼得·伊凡诺维契抬起笨钝的眼睛，看着他弟弟的脸。他仿佛非常惊异地发现了赛尔给伊依然在这儿，依然跟他谈话。

"你问什么？"他用一种困倦而且漠然的语调问。于是他狂吼一声道："所有我要的就是死！"

灯冒起烟来了，它在地板上投射着一方块黄色的光亮，仓房外面，村子熟睡着。

革命委员会主席跟那个长着漂亮头发的人第一遭遇到这样的囚犯。他们曾看见过一些囚犯，他们吓得抖索着，爬到他们面前，身体扭曲着，吻他们的手，乞求怜悯；另一些囚犯就什么都不表示，只是在临刑时显出困倦、淡漠和沮丧的神情；另一些人他们坦白而且简捷地承认他们的错误，那证明他们不是受了欺骗，就是像被一阵旋风卷走一样地卷进了叛变的旋涡。

然而这一个囚犯却完全不像他们。"他是一只野兽，"那个漂亮头发的人想，"明显地——是一只野兽，并且是一个仇敌——无疑地。也许，他不过是精神失常了吧？"

"喂，先让我们假设你被赦免了。因为我们不想望你的血，我们不贪图报复。如果你被给予了生活下去的权利的话，你要干些什么呢？"他问。

"嗯，提到这件事情吗，"斯托罗折夫想，"如果明儿个我自由了，人家要我去工作了，那怎么办呢？我要怎样地活下去呢？"

这对于斯托罗折夫是一个完全新颖的问题，他替它找不出解答来。在一个有一半人恨他，有一半人怕他、回避他的村子里他怎能重新生活下去呢？在他历来想变成独一无二的人的希望被消灭之后，那时候他只能拥有他可以安身立命的一点产业，而要把一些字眼像"我的土地""我的田庄""我的权力"统统忘掉了——那他怎么能够活下去呢？他要走出一千里去离开他的本乡吗？不过即使在那里也还是有一些刺人的冷冷的眼睛瞪着他，那些眼睛就像站在他面前的他弟弟的眼睛一样。那些人会指着他叫道："提防他！他杀过我们的人，烧过我们的村庄！"

斯托罗折夫不说什么。

赛尔给伊和那个漂亮头发的人久久地站着等待一个回答。礼拜堂的钟声敲了十下，赛尔给伊深沉地叹一口气，他替他哥感到一阵怜悯的剧痛。他记起许多年前一个露重的早晨，为什么记起的他自己也说不出。他跟他哥哥一同到列毕亚致去。太阳升起着。赛尔给伊累了，哭泣着向前颠踬。彼得抱起他来带在臂弯里，像一个母亲似的，一直到得湖上。到现在他就要死了——彼特迦，他的亲哥哥，就要死了。他是一个敌人。

压下了自己的怜悯心，赛尔给伊从他的匣子里拿出纸和铅笔来，剪一剪灯花，冷冷地说道："现在我们要走了。这儿留给你一点纸。也许你想给我们或是你的家族留下一点话吧。再会！"

"我们是否要加岗守卫呢？"当他们离开仓房时，赛尔给伊低声对那个漂亮头发的人讲。

"哦，不，不需要，"那个人回答，"楞迦不会让他跑掉的。再没有比楞迦更好的守卫了。"

门轧地响着，砰地合上了。跟彼得·伊凡诺维契的生活最后发生联系的人离去了……他从凳子上豁地站起来——又做一个绝望的姿势。他干吗要噜哩噜苏把他们叫回来呢？他有什么可说的？

在凳子附近的地板上有一张赛尔给伊丢下的报纸。斯托罗折夫机械地捡起那张破碎的纸来，毫无兴趣地开始去阅读那些新闻、论说、杂记和电报的不能十分明了的断片。

只有看到最后，在一堆日常生活（这种生活他再也不能过了。）的琐记里，他看见提到了涅斯托·玛赫诺，那个土匪，还有彼得鲁拉"将军"。这两个名字，特别是玛赫诺，斯托罗折夫是熟知的。

"还活着吗？"他困乏地奇怪着。

于是他又把他们忘掉了。报纸从他的手里落下来，他久久地坐着，心里是一片空白。

十九

他忽然听见墙后面有一阵咬嚼的响声。彼得·伊凡诺维契悄悄地溜到门边去，咬嚼声听得更清楚了。那是楞迦在吃苹果。

彼得·伊凡诺维契记得他的老婆曾送给他几个苹果。楞迦在从家里回来的路上还曾提到过，可是没有给他。斯托罗折夫想要一个。

"给我一个苹果。"他隔着门说。

"我哪儿来的苹果？"楞迦暴躁地说。

"你亲自告诉我说我的老婆送了我几个的。"

"啊哈，你就恰好记住啦？喂，孩子们吃去了一大半，我只剩下五个了，还要挨一个整夜呢，你多么清闲！你可以睡觉。然而我却得看守着你。我瞌睡得要死，可是嚼嚼这个呢，也许就清醒一点。"

"给我两个吧，无论如何。"彼得·伊凡诺维契哀求说。

"啊，好吧，我就赏你两个。"楞迦说着开了门，"这儿，这是你吃的最后的苹果了。你马上就要向苹果告别了呢。"

斯托罗折夫猛力合上了门，愤怒地诅咒着。楞迦又上了闩。

这场发作减轻了他心头的重压，斯托罗折夫从冷淡中激动起来了。

"给我苹果！"他大声喊着，"那是我的，猪猡！"

"喂，喂，不要吵什么架了吧。你的，一点不错！东西都是你的，也只有七个钟头了，你与其叫嚣还不如祈祷呢！"楞迦报复他。他走回去用他那芬兰小刀削着苹果，于是一片一片的多汁水的果子又在他牙齿中间嚼出响声来了。

七个钟头……那么等到天明他就要被枪毙。七个钟头之内，枪弹就要射出来，而生命也就停止了。

破题儿第一遭彼得·伊凡诺维契懂得了——而这种明了穿透了他身上的每一个细胞——在七个钟头之内他就要一命休矣。

"你要死了！"他的血，他的心，他的理智喊着。

斯托罗折夫闭上眼睛！他觉到脊梁上起着鸡皮疙瘩，他的膝盖变成木头的了。他以前从没受过这样鬼气的恐怖。

他在打仗的时候感到过恐怖，但那是另外一种。当一个人为了自己的生命而战斗时，他就会忘却了别人的旧账。于是，死就不期而遇地来了。

可是，这儿呢？

在这儿，他有七个钟头来想死，有七个钟头来倾听时间的爬行。以后他就要离开仓房，步行到村外边一个遥远的地方去，后面跟着武装的人，他的仇敌们，站在他们前面等一段痛苦而悠长的时间，直到他们站齐了，听到命令就——死。

不行！

斯托罗折夫，在半点钟之前还怀疑着即使自己被赦得了生命他怎样才可能活得下去，现在才明白自己是错误了——他想活。

对了，他自然想活！

想活！

想活下去并且还想斗争——这是他真正向往着的，而不是死！他过去弄错了，他竟劳累得不能够悟到这一点。然而现在他想活，只想活！

彼得·伊凡诺维契在仓房里乱闯着，一会儿站定了，不连接地嘟噜着，一会儿又坐下了，不过马上又跳起来从一个角落冲到另一个角落，随后冲到门边去，门外面坐着楞迦，在那儿静静地嚼着苹果。

他的苹果！

于是，跟着那突然回到他心里来的对于生命的不满足的渴望，涌起来一阵约束不住的嫉恨的波涛。

"在这四堵墙的外面，"他对他自己说，"人们依然活着，那些从我手下脱离了的人们，他们抓住了我的土地，耕起了我要起建新屋的地方，在他们的仓房里储藏下我的田里的收获。"

"在我这四堵墙的外面有着我的家族，那与我毫无关系，"他想，"哦，愿我的家族早晚遭了鬼吧。"

"我们的首脑虽然成了叛贼，然而我们还可以找到别人。他们依然活着，依然活着！"半个钟头以前死了下去的思想现在又重新激发起来了。

彼得·伊凡诺维契捡起那张赛尔给伊丢下的报纸，发狂地抓在手里，重新读着关于涅斯托·玛赫诺和彼得鲁拉的那一段。

"他们依然活着……或许安东诺夫也在那里，还有一些剩余下来的别的人。对了，这里也许有几个在目前他们看起来好像是变节的人，那没有关系。那是聪明的——显然是应该那么办。就像潘台勒·路琪支肩上有一个脑袋一样。啊，那有什么关系！那样我们还依然可以活下去，我们还可以保留一点力量。所有我们要做的就是等待机会……'深深地藏起来'——他记起了潘台勒的话——'要安静。你还有出头之日呢。'一点不错，等待机会，深深地藏起来——可是藏到哪儿去呢？还要我回到山沟里去挨着饿巡行——好像一只狼吗？"

"你只要到外国去，"他又突然记起有一天在野外里阿德利安所给予他的劝告，"对了，我真应该那么做，到外国去。白天黑夜地走，"这个思想在他的脑袋里打起鼓来，"我到外国去，绝不会死在那儿的，一定会有人收留我并且管我吃饭。有一天我就要回来了。要等到回来可以平安无事的时候再回来。那时候我们就要清算旧账了。"

那种他要怎样对付敌人的疯狂的幻景又耸立在他的眼前了，嫉恨又压服了彼得·伊凡诺维契，嫉恨和对于生活的贪切。

礼拜堂的钟声敲了十一下，那种空洞的节律使斯托罗折夫清醒了。到天明还有六个钟头。就是用他这受伤的脚，他也可以在这段时间内走出二十里的距离，或者，如果他感到不能前进的话，也可以藏到远处的树丛和他所熟知的洼地里去。

于是他记起了在隔德甫里基十五个微斯特的叫作巴哈特尼·乌果尔的地方，住着教师尼琪塔·卡噶代的儿子列奥。

"我要带给他他父亲临终的嘱咐，"斯托罗折夫想，"他一定不会不藏匿我，他父亲的朋友。"他又想到追赶的事。好吧，就假定他们不跟踪我吧？

"那没有多大关系，"他下了决心，"如果他们追赶我把我抓住了，那么就像常言所说，死得热烈，也是好的。无论怎样，总比消磨这样一个夜晚，慢慢儿熬到天明，要强得多啦。"

他赶紧收集起碎面包和肉，把它们装在口袋里。于是他站定了，对准一个无形的人恫吓地晃着拳头，无声地笑一笑，吹熄了灯。

惨黄的灯光消逝了。彼得·伊凡诺维契抖抖索索地站着好像害了热病，随后，克服了自己的懦弱，他叫道："嘿，楞迦！我的灯灭了，我还要写一封信。替我燃起它来吧，像个好孩子似的。"

他站定在桌边。楞迦响动地抽出门闩，开了门。清晰的星光透进仓房里来。

楞迦一只手里拿着一个苹果，另一只手里拿着刀子，刀子上带着苹果汁，显得湿瀌瀌的，还闪着亮光。他在暗中摸索到桌边去，机械地把他的苹果和刀子放在桌子的一角上，从口袋里掏出一匣火柴来。

彼得·伊凡诺维契在黑暗中伸出手来，当楞迦俯身到灯上划一支火柴的时候，他抓住刀子向他的后心戳去。于是，用尽全力握住了刀柄，他来回戳了两次。

楞迦空洞地呻吟了一声就蜷曲起来了。他的来复枪从他的肩上滑落到地板上，沉重地响了一声。彼得·伊凡诺维契的牙齿敲响着，一面弯下身去捡起来，又撕去了楞迦的子弹带。当他这么做着时，他仿佛听见楞迦的心的微弱的跳动。

斯托罗折夫呆住了。

他要不要把他打死呢？他静听着，屏住气息。一阵寂静统治着一切。

"那只是我的幻想哇！"斯托罗折夫想，又倾听了一阵。一条狗在一个什么地方吠着。斯托罗折夫顿一顿，才赶忙动手去完结了他的事。

用颤动的手，他在楞迦的裤袋里摸索着，抽出一点纸和火柴……

在门边楞迦坐过的树桩上，他找到了他的外衣。把它往肩头上一披，他就大踏步跨进黑暗里去了。

后记

　　《孤独》译稿，得之于茅盾先生，而为一未谋面的朋友冯夷先生所译。冯先生于译此稿第三部时，卢沟桥战事已起，身居北平，在烽火声中，匆匆译就，速寄至沪，求教于茅盾先生，并谋出版。茅盾先生无暇审阅，交我一读，并拟列入于某书店文学丛书中出版。但不久上海战事爆发，遂搁置，而稿犹在我手头。一年半以来，每一想及冯先生的辛勤业绩，未能与世见面，而冯先生本人，又未知"身处何方"。河山迢阻，音信未通，不觉悚然心栗。兹承陆高谊先生的高谊，允我们编一文学丛书，谋商振铎、另境两兄，决将此译稿编入。凡关版权种种问题，概由我个人负责代理。如能以此书的出版，使冯先生见到，色然心喜，致书下问经过，则我是拜赐实多了。

　　关于苏联作家尼古莱·维尔塔一生，我也不很详细。初读译文，以其所描写者，为十月革命之后新经济政策开始实行的时候，疑其为不甚著名的旧作家。行文与风格，略近爱伦堡，不专刻画人物性格，惟致意于一般事件与总形势的报道，尤与爱伦堡之《第二日》相接近。爱伦堡为苏联之老作家，因此也就附会上了。一年半以来，凡遇懂俄文的朋友，我也就以这位作者的身世相询问，直至最近，金人兄始以罗云斯基所作之《论维尔塔的小说〈合理〉》一文见赐，兹将全文录后，以见一斑，想于阅读这一小说的读者，不无裨益。

尼古莱·维尔塔登上文坛还是不久的事。三年前他的第一部小说《孤独》印出来，青年作家给自己负担上了一个勇敢的和艰难的任务：小说中描写出了一九二一年春天的坦波夫的乡村，那时全国内战的火焰都已熄灭了，但是在坦波夫城还燃烧着以社会革命党匪徒安东诺夫为首，而造成的土劣运动的火灾。忠实的艺术家维尔塔在小说《孤独》中勇敢地表现出了安东诺夫事变的根源，它的暂时的成功的原因和那种不能不把被安东诺夫党徒欺骗的农民阶层从它手中振拔出来的事变的经纬，以及怎样使安东诺夫党徒趋向毁灭。安东诺夫和煽惑安东诺夫的人——豪绅彼得·斯托罗折夫，土劣的宣传者伊洵，被斯托罗折夫欺骗的青年农民楞迦，穷人安得烈·科焦尔和几十个另外的事变的参加者，都活生生地在《孤独》的纸页上出现了。

《孤独》这本小说的出版，虽然有些性急的出版家和文学批评家们乱用什么"等些日子再出版吧"，小说的已经印出简直是"没有深思熟虑过""公式化的""自然主义的""令人疲倦的"等等批评向作家劝告，但对于苏联的读者却有相当价值的。但是有一位高眼的批评家很快地在《文学新闻》上写道，《孤独》这本小说的内容可说是"收支不能相抵"，这本书的印出简直犯了"对青年作家太客气"的错误。

关于这种对《孤独》的糊涂的骚扰不值得再云它了。但是，历史又重演了。

在《孤独》以后，尼古莱·维尔塔很快就写成了第二部小说——《合理》（一九三八年国家出版部印行），是分三卷的单行本。最初这小说是刊载在一九三七年的杂志《旗帜》的第二、三、四号上面。

《合理》，这篇小说所描写的时间为一九二五至一九二七年；地点是作者名之为月尔贺涅列琴斯克的省城；题材是描写那时的托洛茨基、季诺维耶夫党徒们的秘密活动，省内托洛茨基分子和外国侦探的代表人们以及社会革命党的白卫军们的勾结，白卫军是企图使自己担负起作为房产家，地主们的后代的任务的，也同样想做城市知识分子们的儿孙的。

小说中的主要人物有法西斯的间谍列夫·喀加尔代，社会革命党员捷林涅次基，煽惑者彼得·斯托罗折夫，他们把《合理》和维尔塔的第一部小说联系起来，把从一九二一年毁灭了的土劣的安东诺夫运动的线索伸延到和苏维埃政权斗争的新阶段，表现出土劣的变种过渡到和人民反对的新方法的"合理性"。这种"合理性"特别天才地表现在列夫·喀加尔代的典型中。他的父亲——社会革命党员，一个"理想主义者"曾活跃地参加过安东诺夫事变。从幼年时代，就把未来的蠢事和充任间谍的超犬儒主义的哲学的种子种在儿子的身上。

他向儿子说："列夫，每一个人，我自然讲的是明白的人们，并不是讲的我们这些乡下人，活下去他都是希望比一切人都好和比一切人都高尚。就是说，在渺小的人们中间是一个大人物，在大人物中间是一个谁也赶不上的人，在小队中间是小队长，在联队中间是联队长。只有超人的思想推进了和推进着科学、艺术、商业……不然，世界就生满了草。"

他教训儿子："世界是这样造成的：或者你践踏着别人，或者别人践踏你。"

列夫·喀加尔代是带着这种简单的人生观——布尔乔亚社会的哲学——来从事生活。一九一七年，他还在少年时候，跟随着父亲去参加各种集会，目睹他父亲和他的朋友们的无耻的行动，使他理解——父亲在沉醉的时候是一个尼采式的社会革命党的干才："乡下人是历史的粪污。"当安东诺夫运动失败时，尼吉塔·喀加尔代被枪毙了，十八岁的列夫·喀加尔代已经知道，你不会再能把农民唤起从事反苏维埃政权了。列夫·喀加尔代合理地变了间谍，煽惑者，月尔贺涅列琴斯克的外国侦探们的代理人，变成了城市反苏维埃势力的中心。秘密活动的社会革命党员捷林涅次基，假冒从事艺术为名的，从前的义勇队员沃帕拿司——学生青年中的反苏维埃势力的组织者，还有当地的托派首领包格旦诺夫、福罗洛夫和喀尔·佛格特都向他那里跑去了。

月尔贺涅列琴斯克的托洛茨基分子们（《合理》小说中的）走向和外国间谍列夫·喀加尔代勾结的道路去，特别使我们的一些批评家们骚动不安。譬如说，乌塞伊维支同志在《文学批评》（一九三七年第七号）上认为《合理》这部小说可说已经"不是部分的缺点部分的错误，而是整个的小说都有缺点了"。乌塞伊维支同志所以提出这种批评，其最重要的根据，是因为本书中所举出的包格旦诺夫、福罗洛夫、佛格特的托派组织，于一九二七年已经和外国间谍发生关系的事实。乌赛伊维支同志对小说的最大的侮辱是引了一段讯问，一九二七年十一月中的反苏维埃政权大示威后被捕的月尔贺涅列琴斯克的托派的首领包格旦诺夫的喜剧：

"莫非，你以为自己是对吗？"阿列克·塞西雷持问包格旦诺夫。

"是的，我以为。"

"你和什么人一同跑到月台上，向党乱叫呢？"谢尔盖·伊万诺维支带着轻蔑的笑容望了包格旦诺夫一眼。

包格旦诺夫用含满了憎恶的目光回答他。

"等着吧，"他想，"我们还要和你们算账哩。"

"为什么你说谎？"调查委员会的主席问他，"为什么你欺骗党？你讲一句共产党员的话。"

"他从前是共产党员，"一个委员说，"现在他是托洛茨基派。"

"你们要害我们！"包格旦诺夫喊道。

"可是你们要把我们杀死，"阿列克·塞西雷持严厉地说，"你还记得在大会上的一张纸片吗？现在我们已经知道是谁写的了。"

"这是谁呢？"

"你的朋友——喀尔·佛格特。他也曾自己叫作共产党员，也曾在你的翅膀下面取过暖，是一个间谍。"

"你说谎！"

"他预备爆炸军火工厂。"

"什么？"

"请读读他的供词吧！"阿列克·塞西雷持把一张纸递给包格旦诺夫。他略瞥一眼，已经明白，应当改变声调了，他的整个形象都和做戏一般。被读了佛格特的供词弄昏了的包格旦诺夫沉重地坐到椅子上，头垂到手臂上。

这一段喜剧。和其他一样，没有什么理由可以值得批评家们这么热情的。莫非乌塞伊塞支同志还不知道，在托洛茨基、布哈林匪徒的讯问中，已经发现许多托派首领从一九二一至一九二三年已经是外国的间谍啦！莫非到现在我们的一些批评家们还不明白一九二七年托派示威运动的反苏维埃性质吗？莫非最近暴露于世界的托-布法西斯匪徒们的活动还不能使批评家们明白，那时已有许多托派小组都事实上变成外国间谍的支部了吗？

尼古莱·维尔塔写的《合理》还是托洛茨基中心案破获之前，莫非这可以叱责小说的作者吗？自然，不能。相反，这是作者伟大天才的表现，尼古莱·维尔塔的伟大的创造的勇敢——对这我们只能崇敬的。

在小说中合理地、正确地描写出了托洛茨基派的无耻，合理地暴露托派分子和列夫·喀加尔代，合理地揭穿了喀加尔代和沃帕拿司的幼年。在小说中合理地感觉到在布尔什维克党领导下改造月尔贺涅列琴斯克，肃清失业分子，建设城市新企业的工人阶级的铁的步调。党的省委书记的言辞在党会议上确信地响着，揭穿托洛茨基分子。

"他好像好久不说话了。他的充满了愤怒和无限的，对横阻社会主义道路上的，反对党和国的，妨碍前进的人们的轻视的话句从内心迸了出来。

他讲述他们堕落的和叛变的历史，扯下了他们的扯慌和伪善的长练子，要求反省，要求对人们做仔细的调查……

会场中热烈鼓掌……

我们有许多事要做。我们建筑了司维里、马格尼特加、德聂泊尔的电台，我们还要很快地建筑火车工厂和电气中心，我们还有许多要建设的……几千只手获得了工作，我们把劳动市场停止的日子快到了，不能再认识我们的国家，我们的城市，我们的力量，甚至我们自己的日子快到了……莫非他们——可耻的投降分子和叛徒们，能停止我的前进吗？莫非我们不统一吗？莫非我们的党不统一和无力量吗？莫非我们的国家不够坚强吗？谁能停止我们呢？谁还能比我们的人民的家族更强有力呢？这些人民只有一条路——到胜利之路，一个目的——形成社会主义，一个领袖。

当谢尔盖·伊万诺维支喊出了斯大林的名字时，全会场的人都站了起来，仿佛每一个人都不再有自己存在了。这是一个巨大的燃烧的心，一个脑子，一种感觉和思想，这就是充满着血、神经、筋肉的共产主义。"

《合理》这本小说，表现尼古莱·维尔塔是一个苏联的天才作家。小说的一部分在《旗帜》上发表时所有的粗忽之处，作者在出单行本时删掉了大部分。但是就在这残留的一点点毛病上（自然这用不着道歉的），还遭受到了批评，马加连科在一九三七年第四十七号《文学新闻》上的一篇纪念拉普的精神的文章中，曾毫不客气地对《合理》加以谴责："合理的失败。"

类似的批评请不要再搅扰尼古莱·维尔塔了，他还需要生长，对自己的作品也要小心处理——作者的天才加强了读者们的需要。在批评中也有自己的合理性——近视的批评家们的讨厌的叙述会消灭下去（和维尔塔的第一部小说出世后的现象一样），但是尼古莱·维尔塔的书——《合理》却要被几十万的苏联读者们，很有兴趣地读着。

读了上面的批评文字，维尔塔之所以被人攻击着，即在于他专门描写否定人物。因描写否定人物而遭到短视的批评家的厌恶，那真是中外具有同感了。在今天，我们的文坛不正是也流行这一种观点吗？

自然，描写否定人物是有它的限度的。首先是作者的立场——也就是作者的世界观——如何。我们决不能否认"戴蓝色眼镜的看出来的东西全是蓝色的"这一真理，但我们更相信，历史的真理是只有一个，谁能把握或接近这真理，谁就是天才作家，在这一点上，维尔塔的《孤独》是做到了的。

写《黑色马》的路卜洵，那该是中国文艺作者所熟稔的名字了吧。《黑色马》之出现在中国出版界，我相信对于一九二六至一九二七年的大革命是尽过相当的作用的——我就是受这一小说的刺冲，奋然作为一个反抗强暴与旧势力的青年而出现过。我们之间也有以自杀出现文坛，终于又以自杀结束其文人生活的人，那就是顾仲起先生，我相信他的灵魂里也有乔治的思想。乔治的思想——虚无主义的思想，在革命的开始阶段、革命的破坏阶段，我们不能忽视它的作用。把这作用提高到更高的阶段，转而为积极的人生的肯定者，那是非常必要的。否则，一任它发展下去，那就使乔治终于成了《黑色马》中的乔治，帮同绿党来反对苏维埃了。而作者路卜洵也终于不得不跳楼自杀，这真是路卜洵，也是乔治的悲剧。

《黑色马》中乔治的面影，我们又见之于这一小说里的安东诺夫。然而我们的作者，却在雇农李斯特拉特和他弟弟楞迦的谈话中，将它土匪的本质暴露了。

"……李斯特拉特就问：'那么你们为了谁呢？你说你们也是为了穷人的。'

"'对啦！一点不错，我们都是为了穷人的。'

"'那么彼得·伊凡诺维契也是为了穷人吗？'

"'啊，你总是弹这一根弦子，彼得·伊凡诺维契，彼得·伊凡诺维

契！彼得·伊凡诺维契并不是首领哇！首领是安东诺夫！他曾受过苦刑：他从前在西伯利亚待过。'

"'安东诺夫也有一个主子。他的主子就是彼得·伊凡诺维契，'李斯特拉特又向楞迦眨一个眼，'那些彼得·伊凡诺维契们锁住你们的安东诺夫像锁一条狗，一直到用得着他的时候。现在他们让他松懈下去，让他打苏维埃政府，就是这样。安东诺夫，真的！如果没有富农和你这样的混蛋，你们的安东诺夫好干什么呢?'"

是的，维尔塔所处理的题材，主要便是在苏联苏维埃的建设过程中富农的反叛。而这反叛又是和土匪的勾结而展开，要戡平这一叛变，决不仅是红军的武力所能达到的，而更需要政治的进攻。全篇的故事，即沿着这一主题发展。叛变的开始，彼得·伊凡诺维契，斯托罗折夫利用安东诺夫的武力和农民由于新政策的施行的不安心理，以欺诈的宣传，和暴力的压迫，使农民胁从了。一等瓦西利从克里姆林带来了真实的消息，农民们全都知道布尔什维克是最善良的人，是真正为穷苦的农民的，并不如安东诺夫所造出来的宣传——屠杀了一车的人，用死尸向各乡村巡回展览，说是布尔什维克的功绩，那样的欺骗的宣传——以为布尔什维克是杀人放火的暴徒，而斯托罗折夫的叛变的基础也就此瓦解了。这和路卜洵的《黑色马》比较起来，那就可看出作品真实的价值观，不得不从思想本质上来加以估计了。

正如罗云斯基所说作者是个新起的天才作家。在这作品里充满了清新的气氛：主要的人物，如土匪安东诺夫，富农斯托罗折夫，说谎宣传家伊洵，雇农李斯特拉特和楞迦的性格，也很明显。果戈理对于一个人物性格的表出，是用绘画一般的刻画的手法。而他却在故事的进展中，也把性格渐渐显露了。楞迦的被害和斯托罗折夫的逃亡，那正是他们性格的自然的发展，绝不是作者故意想在苏联的社会里留下一点阴暗面。而实际上，《合理》这一小说里托派阴谋的揭露，早已在这一小说里斯托罗折夫的终于以外国为逋逃薮而逃亡的结尾中，伏有根源了。光明终于会到来，而黑暗却未必全除去，有血的处所，也有污毒的存在。讽刺的手法尽管不同，而讽刺将终于成为文学作品的一种素质，是不可掩的事实。没有文学上的否定人物的描写，也失却社会上的肯定意义的推进力。伟大的改革者，不怕自身缺点的暴露；伟大的文学者，也决不忽视社会的阴暗面的揭发。歌颂也就是批评，批评本质是歌颂的。读了维尔塔的小说《孤独》不敢把这价值估量在《钢铁是怎样炼成的》和《吾爱》之下。

略书数语如上，以做介绍云尔。

"俄苏文学经典译著·长篇小说"书目

地下室手记　　　[俄国] 陀思妥耶夫斯基 著 / 洪灵菲 译

赌徒　　[俄国] 陀思妥耶夫斯基 著 / 洪灵菲 译

盗用公款的人们　　　[苏联] 卡泰耶夫 著 / 小莹 译

在人间　　[苏联] 高尔基 著 / 王季愚 译

我的大学　　　[苏联] 高尔基 著 / 杜畏之　萼心 译

赤恋　　[苏联] 柯伦泰 著 / 温生民 译

夏伯阳　　[苏联] 富曼诺夫 著 / 郭定一 译

被开垦的处女地　　　[苏联] 肖洛霍夫 著 / 立波 译

大学生私生活　　　[苏联] 顾米列夫斯基 著 / 周起应　立波 译

叶甫盖尼·奥涅金　　　[俄国] 普希金 著 / 吕荧 译

盲乐师　　[俄国] 柯罗连科 著 / 张亚权 译

家事　　[苏联] 高尔基 著 / 耿济之 译

我的童年　　[苏联] 高尔基 著 / 姚蓬子 译

贵族之家　　[俄国] 屠格涅夫 著 / 丽尼 译

毁灭　　[苏联] 法捷耶夫 著 / 鲁迅 译

十月　　[苏联] A. 雅各武莱夫 著 / 鲁迅 译

安娜·卡列尼娜　　　[俄国] 列夫·托尔斯泰 著 / 周笕　罗稷南 译

克里·萨木金的一生　　　[苏联] 高尔基 著 / 罗稷南 译

对马　　[苏联] 普里波伊 著 / 梅益 译

暴风雨所诞生的　　　[苏联] 奥斯特洛夫斯基 著 / 王语今　孙广英 译

猎人日记　　[俄国] 屠格涅夫 著 / 耿济之 译

上尉的女儿　　[俄国] 普希金 著 / 孙用 译

被侮辱与损害的　　　[俄国] 陀思妥耶夫斯基 著 / 李霁野 译

复活　　[俄国] 列夫·托尔斯泰 著 / 高植 译

幼年·少年·青年　　　[俄国] 列夫·托尔斯泰 著 / 高植 译

烟　　[俄国] 屠格涅夫 著 / 陆蠡 译

母亲　　[苏联] 高尔基 著 / 沈端先 译